名家看九寨

阿来 侯志明 主编

长春出版社
国家一级出版社
全国百佳图书出版单位

图书在版编目(CIP)数据

名家看九寨 / 阿来,侯志明主编. --长春:长春出版社,2018.11

ISBN 978-7-5445-5420-6

Ⅰ.①名… Ⅱ.①阿… ②侯… Ⅲ.①散文集-中国-当代 Ⅳ.①1267

中国版本图书馆CIP数据核字(2018)第235700号

名家看九寨

主　　编：阿　来　侯志明
责任编辑：程秀梅
封面设计：宁荣刚

出版发行：**长春出版社**
　　　　　发行部电话：0431-88561180　　　总编室电话：0431-88563443
地　　址：吉林省长春市建设街1377号
邮　　编：130061
网　　址：http://www.cccbs.net
制　　版：长春出版社美术设计制作中心
印　　刷：吉广控股有限公司

开　　本：700毫米×1000毫米　16开
字　　数：190千字
印　　张：16
版　　次：2018年11月第1版
印　　次：2018年11月第1次印刷
定　　价：69.80元

版权所有　盗版必究
如有印装质量问题，请与印厂联系调换　　印厂电话：0431-81067999

编委会

主　编　阿　来　侯志明

副主编　杨克宁　谷运龙　罗智波　杨　星
　　　　陶　钢　张渌波

编　委　(按姓氏音序排列)
　　　　巴　桑　段季康　方瑞玺　龚学敏
　　　　蒋建忠　李贺军　刘志鹏　伍立杨
　　　　肖卫波　杨　华　周文琴

序

一

四川的美丽与魅力,自古使然。

因此,历代诗人墨客、名流雅士,甚或不甘寂寞的贩夫走卒,总会沿着猿猱难行的剑门蜀道,艰险无比的长江水道或者峭壁林立的茶马古道,向一片叫蜀的土地迈进。

这是一串温暖的名字:司马迁、郭璞、卢照邻、王勃、骆宾王、杜甫、贾岛、岑参、刘禹锡、刘长卿、钱起、张籍、李商隐、吴道子、杜光庭、张咏、宋祁、陆游、范成大、杨万里、汪元量、邓牧、揭傒斯、李东阳、王士禛、查礼、顾光旭、窦埸、张之洞、陈衍、易顺鼎、熊佛西、马一浮、张恨水、顾颉刚、叶圣陶、易君左、萧军、朱自清……

当然,这个长长的队伍中也有四川的文人诗家:司马相如、扬雄、陈子昂、李白、花蕊夫人、苏洵、苏轼、苏辙、杨升庵、李调元、郭沫若、沙汀、艾芜、巴金、李劼人……

今天,他们当年或独行,或结伴;或骑驴,或乘船;或携书,或佩剑的身影早已在历史风尘的掩映下渺不可寻。但是,他们的名字却永远停在巴山之巅,泊在蜀水之上,他们那些或豪迈或婉约的川行华章总在某个清晨与黄昏,被露珠或星辰反复擦亮,比如"窗含西岭千秋雪,门泊东吴万里船",比如"此身合是诗人未?细雨骑驴入剑门",比如"城阙辅三秦,风烟望五津",比如"峨眉山上月如眉,濯锦江中霞似锦",比如"蜀山西南千万重,仙经最说青城峰"……

所以,李调元说:"自古诗人例到蜀,好将新句贮行囊。"不觉间,当年入蜀诗人们的那些新句,已成我们今天的美好遥忆。

二

时光荏苒,沧海桑田,转瞬已是千年。

今天的四川,既葆有了历史的遗痕与岁月的沉淀,同时,新的机遇和新的时代又赋予了它新的魅力与内涵。四川之美,较之于古代,美得更加丰饶、美得更加饱满、美得更加多元。

作为一个敢为人先的地域,四川有创新之美;作为一个悠游逍遥的地域,四川有从容之美;作为一个思虑深刻的地域,四川有智慧之美;作为一个吸纳百川的地域,四川有和谐之美。随着现代科技的进步,特别是交通工具与信息技术的发展,达古冰川、四姑娘山、黄龙、海螺沟、稻城亚丁、九寨沟等一个个崭新的美景以自己独特的方式重返人间。可以毫不夸张地说,今天,即使我们用"美不胜收""美妙绝伦"这些词来形容与褒扬四川之美一点儿都不过分。

如此美好的四川，就这样呈现在我们眼前，铺展在我们身边。怎样讲好当代四川的美丽故事，如何向世界表达四川之美，一直是我们四川省作家协会研究与思考的课题。

最终，我们选择了以文学的方式来记录、表达与呈现四川之美。因为我们深知，唯有文字的力量可以穿越辽阔的空间和渺远的时间，并长久地保持蓬勃的生命力。你看，历史长河里多少人事与建筑早已湮灭，但是《阿房宫赋》《岳阳楼记》《滕王阁序》《醉翁亭记》一直鲜活在岁月里。

于是，从2003年始，我们启动了"名家看四川"大型采风创作活动。我们希翼通过海内外文学名家的视野来解读四川，通过他们的笔触表达四川，通过他们的文字爱上四川。

屈指算来，"名家看四川"文学采风活动已经持续了16年，我们先后邀请了金庸、莫言、陈忠实、贾平凹、阎连科、熊召政、王跃文、舒婷、毕飞宇、苏童、余华等两百余位文学名家走进四川，分享四川之美，见证四川变迁，解读四川密码，讲述四川故事。

抚今追昔，回望来路，我们忽然悟到："名家看四川"文学活动就是"天下诗人例到蜀"的文脉传承、接力与延续。

四川，始终在奔赴大美的长路上阔步前行。

而作家们，则一直在讲述四川之美的大道上川流不息。

三

　　这次"名家看四川"采风活动,我们去的是九寨沟。

　　关于九寨沟之美,我不想在此赘述。因为九寨沟之美早已享誉世界,甚至连草木与牛羊都已知晓,况且这本书中承载的,都是关于它美丽的海子、藏寨、方言、歌舞和物产。

　　我想说的是:一样的风光,不一样的眼光。

　　因此,即使当数十位作家面对同一处风景时,由于每位作家的学术背景、社会阅历、人生体验和审美取向等诸多方面的差异,九寨沟呈现在每一位作家面前的都是不一样的美,这既是我们十多年来持续举行"名家看四川"采风活动的初衷,也是文学的魅力之所在,因为在一千个作家眼里,就有一千个不同的四川,就有一千个不同的都江堰、杜甫草堂、武侯祠、九寨沟、峨眉山、三苏祠、青城山、泸沽湖……

　　于是,九寨沟在每位作家笔下就有了不同的美。

　　在鲍尔吉·原野耳中,九寨沟是白马人的歌喉;在曾皓眼里,九寨沟是神灵栖居的大树;在蒋子龙心间,九寨沟是大自然的恩赐;在方方的记事本上,九寨沟是一本流水账;在熊召政的练习簿上,九寨沟是三则日记;在葛水平的枕头上,九寨沟是安放梦想的牧场;在李元胜的镜头中,九寨沟是遗落在老寨的旧影;在卢一萍的额头上,九寨沟是跳动的光芒;在陆春祥笔下,九寨沟是九寨沟之外的一切;在沈苇的河床上,九寨沟是奔泻的诺日朗;在田晓明的版面上,九寨沟是一条发现美好之路;在张宏杰的路口,九寨沟是一尘不染的桃源;在刘醒龙的思念中,九寨沟是一种牵挂;在黄亚洲的世界里,九寨沟是一组断章;在裘山山的墙上,九寨沟是一幅无声的画;在周啸天的脚下,九寨沟是一程关于梦与节气的诗旅……

展读本书,你将看到一个绚烂多姿的九寨沟。

就像那些星罗棋布的海子,每一个都是独特之美。

四

非常希望你能喜欢这本书中的文字。

当然,你自己眼里和心中的九寨沟,还在那个以前叫扶州,后来叫南坪,现在叫九寨沟县的地方等你。

用骨感的山等你,用柔软的水等你,用白马的歌喉等你。

等你把自己的九寨沟带回尘世、放进梦里。

◎神仙池风光　作者：杨东波

◎烟雨罗依　作者：杨东波

◎诺日朗　作者：桑吉

◎甘海子　作者：杨东波

◎雾绕彩林下的甲勿池　作者：张小平

◎九寨沟县草地乡熊猫舞（登嘎甘㑇） 作者：杨东波

◎火圈舞 作者：杨东波

◎南坪曲子　作者：赵新民

◎㑇舞　作者：魏前程

目 录

九寨沟印象
　　冯秋子 ··· 001
九寨流水账
　　方　方 ··· 003
九寨沟九章
　　黄亚洲 ··· 007
一尘不染的九寨沟
　　张宏杰 ··· 014
九寨行
　　侯志明 ··· 019
诺日朗
　　沈　苇 ··· 031
沟里的标准
　　蒋子龙 ··· 038
九寨沟三记
　　熊召政 ··· 042
九寨沟仙籁
　　陈　新 ··· 050
九寨重重
　　刘醒龙 ··· 066

伛舞与跳大神(外一篇)
　　格　致 ………………………………………… 070
九寨沟,文化也生态
　　牛　放 ………………………………………… 076
听,你听那白马人的歌喉——
　　鲍尔吉·原野 …………………………………… 087
芳　邻
　　王国平 ………………………………………… 091
云　崩
　　王威廉 ………………………………………… 099
海子们(四首)
　　鲁　娟 ………………………………………… 111
谢阁兰:首位涉足南坪县的西方人
　　蒋　蓝 ………………………………………… 115
我不想说我爱九寨
　　裘山山 ………………………………………… 126
九寨,安放梦想的地方
　　葛水平 ………………………………………… 130
神灵栖居的大树
　　曾　皓 ………………………………………… 136
行　愿
　　熊　莺 ………………………………………… 141
九寨沟:美丽在路上
　　田晓明 ………………………………………… 146
在九寨沟(二首)
　　龚学敏 ………………………………………… 151
九寨二帖
　　李　平 ………………………………………… 154
淡烟疏雨忆罗依
　　伍立杨 ………………………………………… 157
九寨之外
　　陆春祥 ………………………………………… 163
九寨神仙池(二首)
　　李明政 ………………………………………… 174

九寨断章
　　卢一萍 …………………………………………… 177
九寨沟——梦幻四季亲历记
　　周啸天 …………………………………………… 188
圆形欢乐
　　罗强烈 …………………………………………… 196
循道：九寨沟散记
　　赵月斌 …………………………………………… 203
九寨沟的诗作
　　李元胜 …………………………………………… 216
九寨依然美丽
　　谷运龙 …………………………………………… 220

九寨沟印象

冯秋子

从九寨沟往出走那天是周五,早晨八点十分上路,下午五点多到成都双流机场,除去中途在茂县停车用餐,在路上行驶近九个小时。

我装载了不少念想回家。

作者:冯秋子

二十多年里,想象这个地方,有过几回与她擦肩而过,不能前往。她在心中。见没见到,没有关系,在心里了,这是重要的。我这么想。

6月5日晚上由北京飞去成都,已接近午夜,住下;6日早上六点半准时出发,向阿坝州九寨沟县九寨沟景区驶去,九小时后抵达。那个傍晚,和7日一整天,接触到九寨沟和九寨沟人。7日早上5点起床,画了两幅云顶住地窗外的速写。8日早晨即乘车折返成都,当天午夜回到北京。

作者:冯秋子

我意识不到疲劳,我在心里一幕幕过看到的、感受到的。

这是6月12日,我不及写下自己的感受,先试着画了三幅九寨沟印象,与去过九寨沟,或者尚未踏足九寨沟、想往九寨沟的朋友分享。

作者:冯秋子

九寨流水账

方　方

说起来,九寨沟我前前后后去了三次。1985年春天头一回到九寨沟时,路上走了两天多,沿路时有塌方事件发生。走到险处,大家不敢坐车,全都下来,让司机慢慢将车挪过去,我们则步行涉险。在几乎快到目的地的时候,一处严重的塌方堵得我们根本无法前进,一直等到天黑,路都不通,最后只有在附近找了一家藏族寨子投宿。那时的九寨沟里几乎没什么人,进沟的大门是一根木杆横拦着。沟里有马无车,亦无栈道,我们一路赞叹着走了一个海子又一个海子。走到珍珠滩,看着春水从坡上泻下来溅起遍地水花时,真是有一种目瞪口呆之感。大家只是念念有词说着"水呀,水呀",却不知道用什么样的词来形容其美。晚上,我们就住在沟里新盖的竹屋中。那里离藏民族的寨子也不远,寨子里的藏民对于远道而来的游客们非常热情,他们的脸上都带着朴质并略显羞涩的笑容。我们在月光下举行篝火晚会,大家围着火光跳舞,沟里的藏族同胞笑着跑来看热闹。想起来,那真是一段有趣的往事。回来后,九寨沟便成为一个令我难以忘怀的地方。

后来,九寨沟成了热门的旅游点,去那里的人越来越多。人们都说,春天的九寨沟远不如秋天的好看。在秋天,满山彩色,倒映在水里,原本就漂亮的水更是彩色斑斓。秋天才是九寨沟最出彩的季节。如此说法,实在是很吊我的胃口。于是,几年前的一个十月,我在武汉打电话给成都的旅行社,定了时间和车座,再一次去了九寨沟。此时的道路已经修得很好了,一路全无险要。早上离开成都,当晚便抵达沟口。沟里的旅馆,业已全部迁到了沟外。沟内的一切设施,从汽车到厕所,都是环保型的。四通八达的栈道伸入到景点最深处,它们将游客们的目光延伸到那些曾经难以抵达的幽秘美景之中。1985年的春天里,好多的风景都是因为树林和流水,根本无法进入一观,只能站在路边眺望,因此好多地方我都只是雾里看花,未能看到其最美的部分。这一次却被栈道送到了风景的最深处。行走在里面,听着流水,闻着花香,有一种进入仙境的飘飘然。秋天的确使九寨沟披上了彩装,比之春季,多出许多色彩。而日新月异的建设,也使得九寨沟变得更人性化,更适合人们旅游。

我是旅行爱好者,说起来,也算走过不少地方。对于常态的旅行方式,走马观花地看风景,我不是太喜欢。因为风景与风景不一样,为此,观看它们的方式也当是不一样的。比方庐山,要住在山上的老别墅里,至少住上一周,白天逛山,晚上逛街。或是找一本老书闲闲地阅读,吹着山风,听着山泉,吸着山气,与书中的文字,一起成为身心的营养;又比方桂林山水,要沿着漓江的岸边,徒步行走,穿林过村,移步换景,慢慢品味林立的青山和清澈的流水以及夹杂在这山水间的田园村庄;而九寨沟呢?因它的特殊环境和地理位置,一天走不完,沟内不能住,就算来一次住上十天,也没办法看好九寨沟。因为四季不同,它的景色也是完全不同的。春夏秋冬,各有韵致。为此九寨沟的风景必须四个季节轮着看一回,才能看出更大的快感。因有这个理由,今年的夏天,我再一次来到了九寨沟。

由于空中航线开通,到九寨沟变得容易起来。从成都双流机场到位于高原的九黄机场,只需45分钟。方便是方便了,只是坐着长途汽车,沿着岷江在山里蜿转而行的过程也没有了。没有了旅途中漫漫行路的过程,旅游的乐趣少了一半。好在对我这个已在此线上走了几遭的人来说,倒不是坏事。

夏天的九寨沟,扑面而来的是它无边的浓烈的绿色。山上山下皆如此。比起春天,它少了花色,比起秋天,它少了树色。但大小的海子因了这色彩的单纯而显得更加本真宁静,瀑布和水滩因夏水的丰厚而显得更加阔大湍急,藏寨的彩色的幡旗又因明亮刺目的太阳照耀而显得更加鲜艳夺目。夏天的感觉与春、秋果然也是不同的,它将宁静和热烈和谐地糅在了一起。它的味道像春秋两季一样,让人回味无穷。

看过了三个季节的九寨沟,现在,我还缺一个冬天。所以,我计划在某个冬天,九寨沟下雪的时候再来一趟。那时的感受一定会更加不同。

我想,意欲四季看九寨的人一定不少,因为九寨沟实在是一个令人一而再、再而三向往来过的地方。或许正因为此,九寨沟的游客也极多。多得令九寨沟难以承受。虽然林深沟长,但旅行社时间上的安排大同小异,进沟和出沟时间也都差不多少。为此最精华的景点总是拥挤着最多的人群。人声的喧哗打碎了本该与九寨沟风景相匹配的安静，自然风景中充满着嘈嘈杂杂——这是看不见的垃圾。这使得我在赞叹风景的同时，心里又存有几分遗憾和几分担忧。遗憾着人多，使我无法在海子边静坐一小会儿，让纯净的山光水色洗涤一下身心中被尘世所污染的浊气；担心着人多，浑浊的人气会突破所谓的保护，无形中伤害风景，使九寨沟的纯粹不复存在。还有最担心的，是一些说话管用的人，或是我等这样的文人，他们的言论会影响九寨沟权威人士的作为，将好端端的九寨沟弄得不伦不类。比方说，给风景点注入人文精神等等。其实，小气的景点，才需要人文的东西来额外补充，以使之变得大气一些，这如同身体不好的人需要补品一样。而原本就大气的风景是不需要人类来注入什么精神或是什么文化的。它的自然中已然包容了这一切，它天然就有着启示和帮助人类的内容。比方大海、雪山、无际涯的草原，如此之类。九寨沟又何曾不是这样？它只需要保持它的纯粹的自然，就足以让人类对它仰慕对它崇敬了，它又何须其他人造的点缀？

这些算是闲话。

九寨沟的人说，九寨沟这地方是摄影家的天堂、画家的地狱、作家的坟墓。听时只是笑了笑，写文章时方觉得这话说得真是准。我走了三趟九寨沟，却一直没有为九寨沟这么美丽的地方写上几个字。想想原因，却实在是自己词乏之故，竟无法将九寨沟真实的景致描绘出来。纵算是汉语丰富无比，我却仍然觉得难以找到与九寨沟的美丽相匹配的句子。无奈，只能记如此的流水账一番。

九寨沟九章

黄亚洲

五花海

童话世界、神话世界、梦幻世界,三个世界叠加起来,筛一筛,然后翻译一下,就叫九寨沟。

九寨沟再筛一筛,晶晶莹莹落下来的,色泽特别神奇的那一块,就是五花海。

撩起一拨儿水,使劲一些,泼到天上,天上就开始有虹霓了。

再撩起一拨儿水,更使劲一些,泼到人的心里,人就丰富了,丰富得甜酸苦辣了。

原始森林

腐木躺在海拔 3060 米的地方,散发着清香,历史在香气中袅袅上升。

而冷杉和云杉则一直站着,密密层层,高耸入云,仅让一小部分阳光像雨点一样洒落。它们在空中手臂相挽,呼吸染绿了整个天空。它们是这样健壮和粗粝,如一群最剽悍的兄弟,让所有的男游客在与它们共同站队之前,都油然而生归属感。

我走在苔藓上,鞋底开始弹跳。土地覆盖着五至六层的厚毛毯。粗浑的腐木让我完成一次又一次跨越,从历史的角度看,这种跨越是一种与时俱进的体验。

森林中的那种幽暗,仿佛是人的心灵深处。那种幽暗具有一种天然的诗意。人心深处,确应该有一片原始森林,以左右血管的原始流向和脸庞上一部分最朴素的表情,而且这森林海拔要高,至少3060米,以显得大气。

情欲之水

由于晶莹得厉害,总觉得九寨沟的水是带着情欲的。

她们总是走得这样匆忙,在你身畔和你手指缝里哗哗哗地过,树根、卵石和苔藓都留不住她们。除了去赶一场约会或是盛典,我想不出她们为什么这样快乐和慌乱。

况且她们又是这样的年少和洁净,身上没有一点刻痕。每一回小小的转身,她们就会不经意地裸露洁白的体肤,仿佛裙衩掀动。几只闪亮的小鱼儿,是她们头上的发卡。

她们那种尖喊声也是我经常听见的。她们疯叫着投入了下去。落差和岩石一齐用力,把她们的晕乎乎的笑声抬到很远的地方。

总觉得九寨沟的水是属于爱情的。她们怀着抑制不住的欲望而蹦跳。那种尖叫、撕裂和欢笑,使九寨沟每天都保持着灵魂。她们那种晶莹而透明的状态,让我们感觉到爱情的伟大和奥妙。

镜海和类似镜海的海子

海子发着一种宁静的蓝色的光,一动不动。什么时候,它把整个儿蓝天扯了一块下来,扯在这群山的怀抱间?

不是一句话能说得清的蓝,是幽蓝,是湛蓝,是童话蓝,是幻想蓝,是带着三分黑色的蓝,是九天之上的那种纯得叫人心疼的蓝。

如果天上的蓝偶尔被风荡漾得淡了,也可以请树梢,把这最纯净的颜料一片片地刷上去。

她把头顶的云彩和周遭的山岩、树林以及每一片彩色的叶子都倒映在自己心间,每一天,用天的颜色浸染着它们。她知道一切都将复归于蓝色,所以她通过镜面,通过自己的纯净的心,把她遭遇的一切,在此刻,就献到了天上。

我盘起腿,悄悄坐落在她身边。她把我的头发一根一根数得很清晰。我的瞳仁由于视线落进水里而变成蓝色。

面对镜子,人类看清了自己,同时理解了蓝色。人类端起镜子的时候,宗教就端起了人类,而她,则把一切都端到了天上。

我看见这一切都发生得那样安静,又仿佛什么都没有发生,如同这蓝色,无始无终。

老人柏

所有活着的枝杈和叶子,都徐徐伸向一个方向,而在你的另一边,除了死亡,光秃秃的什么都没有。

风吹过的时候,你用半个声部歌唱。

为了演绎一个生与死的命题,你就这样,把自己站成标本。

你的背后是寂静的长海,长海也在演绎同样的命题:它以倒影的方式,将天空拉进土地深处。

九寨沟天生是一个思索哲学的地方。风吹过的时候,在死亡的聆听下,所有的生命都开始歌唱。

栈道中间的树

她们真恼人,她们站着站着就站到中间来了。

不是存心拦你,也不是故意缠你,只是想触碰你。

她们恼你光用眼睛去爱她们,光用言语去宠她们,所以她们使着小性子就站上来了,站到栈道中间,隔三岔五地就在路中央扯你。

她们这么秀气,这么亭亭玉立,总是在栈道两边拉了绿帐子护着你,她们筛选阳光,只挑选出最细腻的一部分,做你衣裳上的花瓣。

你好,大叶子栎!你好,柏香!你好,树皮苦苦的珍珠花树!

不要扯我,不是我无情无义,没见我正赶路呢,你们的另一个姐妹珍珠瀑布,正在用湿淋淋的嗓音招呼着我呢!

树珊瑚

海子多情,把一切死去的树木都搂在怀间,将其搂成珊瑚。

死亡呈现出了美丽。它们的眼睛闭得安详,只让细细的小鱼拨弄它们的眼睫毛。

拨弄它们的还有阳光。阳光钻进水晶,在水晶的底部抚摸它们。

树身呈白色、赭色和青色,互相交叉着,列成神秘的象形文字。阳光就这样读着文字,读得耐心而细腻,这种阅读的方式反映在水面,就是波纹。

其实九寨沟是不存在死亡的。飘展在海子边上的经幡可以做证,神秘已经把永恒的生命赋予了这里的一切。

永恒之路其实很单纯:树木进入珊瑚,珊瑚进入文字,文字进入经幡,而经幡在风中呢喃的时候,无始无终的天空便明白了一切。

珍珠滩

由于整个石坡忠贞不渝地托住了瀑布,所以水在这个斜面上的舞蹈就呈现了各种的风情:柔软的,燃烧的,群马般的,呢喃的,舞纱巾的,半抱琵琶的,疯魔的,羞涩的,赤身裸体的。

水的博览。声音的和弦。舞蹈的图腾。

云絮在天上,以棉花的姿态,擦拭着舞者冒出的所有水汽。

水像人性一样细腻和复杂,在它每一个细小的衣褶里,都藏着一部哲学。

红桦树

最善解人意的就数红桦树了。

它们站在路边和海子边,将一页一页粉红色的信笺半粘在自己的周身,风大的时候,这些红红的空白信笺就颤动起来,喂,你们看见我们了吗?你们停一停啊,你们就不揭下一页吗?你们还是这么年轻啊!

据说藏人喜欢用这树皮做情书的,用针刺上花啊鸟啊什么的,然后就情意绵绵地递给心上人。摸着红桦树皮的时候,我就想,托着鸳鸯鸟的,托着心的,就该是这种温润的赭红的颜色啊!

藏族导游更拉姑娘说:"现在都不送了,发短信了!"哦,红桦树啊,我的心一下子为你揪了起来!

在过去的一分钟里,我看见红色信笺依旧在路旁飘动着,渴望什么时候能伸来一只柔和的手,将它揭去。但是它不知道那些年轻人的手指,现在都已经长出了按按键的硬皮。

传统仍站在原地,爱情已进入了数字。在这样的时代,两颗心互相走近之时,是不是仍然愿意踩着红色的地毯,真有点拿捏不准。

最不善解人意的,就数红桦树了。

一尘不染的九寨沟

张宏杰

一

不管年纪多大,人类总是有他儿童性的一面。再老的人也有童心,也有想象的能力,有做梦的能力,有不凭外物、仅凭大脑便抵达仙境的能力。

我想,这应该就是人类是由天上坠入凡间的一个有力证明。

我曾经多次经历过仙境一样的梦境。在那些梦里,山峦如同碧玉雕刻,树叶都晶莹剔透,紫色的雾霭弥漫其中,山间的溪水里,五彩的鱼来回游动。我振动胁间的翅膀,从一片片不同颜色的树林顶上掠过……

醒来之后,往往诧异于梦中的经历,为何如此真实,历历在目。难道,人间真有这样的景象吗?

2007年年初,我接到四川朋友的邀请,从东北飞到西南,准备探访闻名已久的九寨沟。

同行的人当中,有老朋友,也有许多闻名已久,不曾见面的作家、评论家。比如南帆、北北、董立勃、杨少衡……他们比我想象的还要精彩。至于九寨,也是闻名已久,不过我对它的期望值并不高。因为平时见到听到关于它的图片太多了。那些美得令人陶醉的图片一定程度上已经预先造成了审美疲劳。在我的经验里,景区的图片,往往都是最好的角度,最佳的光线条件下的产物。亲眼所见,往往不如印象中那么精彩。就如同一位作家,把他的精华都集中在作品里,见了本人,并不觉得出色。

不过,川西北给我的第一眼,就有点惊心动魄。

从成都到九寨,大约要飞行50分钟。飞机降落时,舷窗里出现了一座座雪峰,巨大、锐利、坚硬,如同一朵朵硕大的白莲花,飘浮在云层之上。白雪如同浇在山头上的乳酪,顺着山涧流淌下去,斑纹纵横。

阿来指着其中一座金字塔状的最高的山峰说,这是岷山最高峰,海拔5000多米。

飞机掠过雪峰,擦着山坡上的针叶林顶部,落到了群山之中一座小小的机场。

下了飞机,走在阳光、白雪和清冽的空气当中,突然有点眩晕。一问才知道,九黄机场海拔3500米。

二

在我的想象中,九寨沟应该就是层层叠叠的湖,层层叠叠的树,漫无边际地铺陈开去。到了九寨才知道,原来九寨沟三个字,字字都是实指的,它的布局是深山大谷中呈"Y"字形三条放射状的山沟:树正沟、日则沟和则查洼沟。三条沟总长近百里,串着分布着大大小小的湖泊和瀑布。至于九寨,是指三条沟中的九个藏族寨子。

行走在九寨的大大小小的海子和瀑布之间,我有一种不真实的感觉,一种腾云驾雾的感觉。我觉得自己是行走在梦境之中。

你所见到的一切,都是那么神奇:一片晶莹澄澈的湖水,居然呈现五种色彩:浅绿、深绿、逐渐幻化为翠蓝、幽蓝、蓝宝石一样的幽蓝。每种颜色,都是透明的。变幻莫测的光线把海子照映得斑驳迷离,满湖五彩缤纷,波光跳动。巨大的枯树沉在水底,闪烁出梦幻般的奇异色彩,恰如五彩瑶池,落入人间。

树正群海海水色泽是那么鲜艳浓丽,浓艳得有些诡谲,让一个不会游泳的人也忍不住想跳下去,畅游一番。明镜般的湖水下面,一道道钙华结成的湖底,如同美丽的珊瑚,又像蜿蜒的长龙。海子与海子之间,也由钙质结成的乳白色长堤分隔,堤上长满了各种各样的树木,倒映海中,踵事增华……

你所见到的一切,都是那么纯净,一尘不染:雪山,青苔,草地,冰雪。纷扰世界中的尘埃都被群山挡在了世外,这里与外面,不是同一个世界。

虽然看过无数的图片,但是到了这里,你会发现,图片所能传达的,也许只有十分之一。只有身临其境,你才能体会到九寨的美。那是一种令人惊心动魄、目眩神迷、心神恍惚的美。九寨沟,让以文字为生,惯于用文字炫技的人感到手足无措。

此地的藏人传说,很久很久以前,神勇的山神达戈热恋着美丽的女神沃莫色莫,达戈用风云磨成一面宝镜送于色莫,而色莫不慎将此宝镜跌为108个碎片,化作108个海子,从而成为九寨沟最美丽的108个景观。

这应该不是传说,而是真实的故事。

到了这里,你会恍然发现,在人间,真实地存在着梦境,存在着仙境。你会明白,你那些神奇的梦境,是来自何处。你不能不感谢上天造化的神奇,让你在坠落人间后,仍然有能重回天上的机会。

三

行走在九寨沟,和其他国内的景区感觉不同。这里,没有一个又一个小摊小贩阻隔你与风景间的距离,没有人来纠缠你买这买那来破坏你的兴致。只有游客和大自然。清清静静,心旷神怡。

同时,在人与大自然之间,处处体现着人对大自然的敬畏。小溪边,草地上,处处是架好的木甬道,小心地让人不伤害到一草一木。在这么多大大小小的湖泊中,你见不到一艘船。那纯净的从来没有染过灰尘的湖水,人类应当礼貌地与之保持一定的距离。

这样一个童话般的世界,是不能容许景区开发中常见的鄙俗无知、浅薄浮躁、急功近利、狂妄跋扈的。如果为了赚一点点小钱,放任那些小商小贩四处叫卖,放几条船进湖中拉客赚钱,那么,九寨沟就毁了。好在,我们见到的九寨沟旅游管理部门是相当认真、踏实、有知识、有想法。正是他们,保证了这么多红尘客经过,而九寨仍然能一尘不染。

九寨行

侯志明

九寨沟的高山杜鹃盛开的时节,我和来自全国各地的十几位作家应邀前往九寨沟采访采风。如果说这次前往意义有什么不同,那就是在它遭受2017年"8·8"地震重创之后。

一

6月5日早晨,阳光朗照,风清气爽,我们乘坐大巴从成都开拔了。进都江堰地界,一路陪伴的是浪花飞溅、波光粼粼、滔滔奔涌的岷江。

岷江,在我有限的知识范围,一直认为(也许固执而幼稚)它是中国江河中最善良、温柔、宽厚、智慧,无论物质层面还是精神层面造福人类最多的河流。

岷江是长江上游的重要支流。它有东、西两源:东源出自高程3400多米的弓杠岭;西源出自高程4600多米的朗架岭。两源汇合于虹桥关上游川主寺后,自北向南流经茂县、汶川、都江堰市,穿过成都平原的新津、彭山、眉山,再经青神、乐山、犍为,于宜宾市注入长江,全长1200多公里,天然落差约3600多米,流域面积13万平方公里……历史上,曾被认为是长江正源,明代徐霞客通过实地考察确认,金沙江为其正源。

岷江,水能资源富集、自然资源丰富,是蜀文明的发祥地、四川各民族的母亲河。

扬雄在《蜀都赋》中写道:"蜀都之地,古曰梁州。禹治其江,渟皋弥望,郁乎青葱,沃野千里。"大禹治水后,把天下分为九州,成都就在梁州的地盘上。这里水网密布,郁郁葱葱,沃野千里。但由"沃野千里"而至"天府之国",当属李冰父子的功劳。他们在岷江上修的都江堰水利工程,使过去洪水泛滥的成都平原,"旱则引水浸润,雨则杜塞水门,故水旱从人,不知饥饿,则无荒年,天下谓之天府"。历代文人对这一历史杰作多有颂赞,直到今日仍念念不忘。这里且引清代黄俞诗半首:"岷江遥从天际来,神功凿破古离堆。恩波浩渺连三楚,惠泽膏流润九垓……"歌咏的就是岷江。

岷江,和成都平原的形成究竟有什么关系,我不清楚,没看到相关资料。也许,没有岷江,不影响成都平原的形成和存在。但可以肯定地说:没有岷江,不会有"天府之国"。

因钟秀岷江而创造天府之国,不是母亲又能是什么?

太阳从右边的车窗射进来,暖暖的。同行的已有人进入梦乡。

开车的师傅不时给我介绍沿途的风光和传说,他说在这条路上每年要跑十多次,已经跑了七八年。

车在江岸上行走,江在车轮下流淌。忽而峡谷幽深、水流湍急、浪花飞溅,声似洪钟;忽而河道开阔、波澜不惊、静若止水、声若幽兰;忽而伴随右边、忽而穿行左侧。看着逶迤蜿蜒、变化万千的岷江,我忽然觉得,如果没有美丽的岷江陪伴,这七八个小时的行程该是多么单调、寂寞和乏味。

然而,逆流而上,这条漂亮的母亲河,也让我们不时看到累累伤痕:江水断流、河床干涸、乱石嶙峋、水土流失……江无形,水无声。就这一现象,我曾向当地一位水利专家请教,他告诉我,这是由于前些年大量开发引水式电站,把原来丰沛的江水引入一个又一个的人工河道、变成一个接一个的地下"暗流"所致。在人为地改变岷江水运行方式之时,人们对其基本的生态流量并未予以估算、考证,以至于脱水断流形成季节性河段长达 80 公里。而随着脱水断流,又演变为干裂河谷,由此,对岷江的生态造成严重破坏。

对给予如此之多的岷江,人类理当感恩跪饮。而以种种借口为由,贪婪自持,在吃尽其肉时恨不得喝干其血,甚或熬净其骨髓里的最后一滴油,实在令人哀痛和不解。

岷江,虽然一路随行,但真正接近它,准确地说,我和它浑然一体的接触是在弓杠岭。司机告诉我岷江源到了,问我们要不要停车看看,我很肯定地告诉他:要。于是我们下车,向它的源头走去。在松潘县政府 2012 年所立的"圣江源头"的石碑上,清楚注明此地是"岷江源——海拔 3480 米"。这里可见一股水流咕噜噜顺山而下,哗啦啦细浪微溅,触手清凉爽肤。这就是岷江源头?细小得让我吃惊,甚至怀疑这就是岷江之源!

我站立碑前留影,风吹着我的衣裤发出"沙沙"的声响。

也就是在那一刹那,我似乎真正读懂了什么叫"江海不拒细流方能成其大"的哲学意义。

岷江是幸运的,当"绿水青山就是金山银山"的理念正在通过顶层设计走向大众自觉的常态时,这条千百年来抚育了一代又一代的母亲河,一定会一天比一天更加健康、美丽。

行笔至此,也许有人要问:既然是九寨之行,为什么要用如此多的笔墨写岷江呢?是不是跑题了呢?不。如果说,几天前,在我的心里萌生的九寨和岷江是同根同源还是一种浪漫的幻觉的话,8日,当我们再一次顺岷江而下返回成都时,我确信九寨沟和岷江是不可分割的。岷江一以贯穿,看起来并不曾因为九寨沟的大名而骄傲,但九寨沟是无论如何应以和岷江同源而庆幸的。因为,没有谁能像九寨沟这样拥有一位同宗的亲人,天天不辞劳苦地将喜欢自己的人迎来并送往。

二

经过八个多小时的行程,大山里的太阳即将落去,倦飞的鸟儿准备回家时,我们到达了九寨沟县城所在地永乐镇。迎候我们的是身材魁梧的州委常委、县委书记罗智波,黝黑得有点像藏民的县委宣传部长刘志鹏(之前,途经茂县,州人大常委会主任、也是著名的作家谷运龙正好在茂县调研,听说来了不少老朋友,还在百忙中抽身和我们共进了午餐)。

一天的长途旅行、地道的绿色饭菜、天然氧吧似的清新空气,加上一点九寨庄园,合在一起带给我一个深沉无梦的香甜睡眠。

第二天早餐后,我们在罗智波书记的陪同下,参观了九寨沟县非遗展示中心。罗智波介绍说,这个展示中心2017年3月开工,11月竣工,建筑面积1400多平方米,有序厅接待区、县情推送区、民俗文化区、非遗展示区、县史区、互动体验区和规划建设区7个展区。最重要的展区是非遗展示区,设置了四个专区,全面展示九寨沟的伫舞、南坪曲子、登嘎甘伫和川西藏族山歌等四项国家级非物质文化遗产。还设置了"非遗工坊",专门展示南坪土琵琶和伫舞面具的制作工艺。

虽然我不是第一次来九寨沟,但通过参观,还是对九寨沟有了更为全面的认识和了解。九寨沟县原名南坪县,历史厚重,文脉绵长。多元一体的文化根基,缔结硕果累累的非物质文化遗产。目前,全县共有各级各类非物质文化遗产80项。"正是为了更好地保护、传承和展示这些文化瑰宝,才修建了这个中心",罗智波告诉我。

参观完非遗中心,我们就地举行了简短的"名家看四川·走进九寨沟"启动仪式,正式拉开了采风的序幕。

地震后的九寨沟到底成了什么样子?这是我迫切想知道的,也是来九寨沟前,我既向往也有所不安的。18年前,第一次来九寨沟的情景还清晰地记得。带着当年的印记进入景区后,我大吃了一惊。

震前在景区参观,车走的是环线,现在只能是折返。道路破坏严重,大量的施工设施布满路面。但为了不影响游人,施工尽量避开游客多的时候。在路上不时能看见手执红绿旗子的道路指挥,疏导着来往的车辆,给人井然有序的感觉。

昔日的火花海晨曦初照,美不胜收,而今,水落石出,少了韵味;长海墨蓝色的圣洁之水明显减少,五彩池更是萎缩得令人心疼,诺日朗瀑布不忍留顿,景区道路大面积毁坏……震前每天可以接待游客40000人,如今只能接待2000人,而且必是团体形式,游人如织的场面代之以人稀场静。景区外所有的演艺场所暂时关闭,昔日夜晚的灯火通明、歌舞欢唱代之以月明星灿、万籁俱寂。虽然在专家们看来,地震还没有使九寨沟伤筋动骨,充其量只是擦伤了皮肤,但仍然令我叹惋唏嘘、痛惜不已,以致欣赏的激情被隐痛撞击和纠缠着。

"地震是一把刀啊,不管多美的东西都下得了手。"此时,同行的一位诗人发出感叹。

"是把剑,比刀厉害。但剑是双刃的。你没看见双龙海瀑布吗?何况,九寨沟本来就是地震的产物呢!"显然,这位同行正在另一个层面进行着深入的思考。

即便如此,即便真如有人说的一切磨难皆是修炼,一切毁灭皆是创造,谁又能期待磨难,欣赏毁灭、原谅地震呢!

令我欣慰的是,九寨沟人的建设理念和坚韧精神。罗智波书记告诉我,"九寨沟不同于其他灾区,九寨沟是世界自然遗产,重建必须坚持四项原则和做到五个结合,四项原则就是坚持尊重自然、生态优先;坚持因地制宜、科学重建;坚持以人为本、改善民生;坚持创新机制、保障民生。五个结合就是做到恢复重建与生态环境保护相结合,与旅游产业提档升级相结合,与脱贫攻坚和全面建成小康社会相结合,与民族文化传承相结合,与提升基础设施水平相结合。九寨沟重建之所以要用三年时间,是为了把她建设得更好,决不能急功近利。"

指着烂熟于心的地图和规划图,罗智波说:"三年后的九寨沟将以风景名胜区和漳扎镇为核心,以南坪镇和川主寺镇、进安镇为中心,以九环线东线、西线和若九路三条通道为轴线,拓展一批新景区,推动形成全域旅游新格局,带动区域经济社会发展。"

这样一个新的蓝图,自然是令人振奋和值得期待的。

三

此次九寨之行,我除了领略了九寨沟沟内的景点,还用足够多的时间深入沟外,体味另一种民俗、文化、惊喜,也使我第一次意识到,九寨沟其实是一个大宝藏,不仅仅是山水美,还有很多美的东西被包藏着,还没来得及打开给人们看。而这也正是我此次九寨之行的最大收获。

在沟外，我们深入的第一个点是勿角乡英各村。在这里我们领略了国家非物质文化遗产"㑇舞"。

这是一个海拔3000多米的寨子所拥有的一个100多平方米的院坝，穿着鲜艳民族服饰、插着洁白羽毛的白马藏族村民正载歌载舞。我们接过村干部送上的哈达，在房檐下或蹲或站地欣赏起㑇舞来。乡党委书记侯经纬告诉我，㑇舞，也叫吉祥面具舞，汉语称"十二相舞"，是白马藏族祭祀和喜庆节日跳的一种神秘惊心的面具舞。这种舞大约形成于公元16世纪前，盛行于清朝至民国年间，它源于白马人崇尚"万物有灵"的原始时期，是氐羌文化与藏文化的融合体。㑇舞一般有七、九、十一人表演，面具一般用单数不用双数，使用的动物形象主要有狮、龙、虎、牛、鹤、熊、凤凰、蛇、麒麟、豹、竹甘欧。

"为什么是这十一种？"我问。

其中的一位国家级㑇舞传承人指着摆放整齐的十一个面具如数家珍地告诉我："狮子是兽中之王，能压倒一切，立于不败之地。龙是白马人特别崇拜的天神，能使风调雨顺，五谷丰登。虎是山中之王，特别醒目的是头上有天生的王字，白马人认为它能带来吉祥。牛是牛王菩萨，能为人类生活服务。鹤为飞禽中的猛禽，能吃掉毒蛇，所以雕刻的面具中含一条毒蛇。熊是勇敢顽强的大力士，历史上最早的部落都以熊命名，称之为白熊部落、黑熊部落等，或者建立家族，称白熊卡和黑熊卡。凤凰是鸟中之王，是吉祥美丽的神鸟。蛇是灭鼠能手，对保护庄稼作用很大。麒麟象征祥瑞。豹，全身黄色、黑色、银白色的斑点花纹，捕食食草动物，凶猛。竹甘是一种春鸟,季节鸟。红眼圈、红嘴壳、红脚干,它报喜又报忧称为和平鸟,白马语称之为'竹甘欧'。"

在我们相谈甚欢的时候,我的同行者早已戴了面具,加入了跳舞的行列,那样忘情、如醉如痴。

这之前,我或多或少地以为生活在偏僻地带的少数民族是观念落后的代名词,但在观赏了伬舞后,我被深深打动了,看法也改变了。在我这个外行看来,舞蹈的本身并非有多么优美,可它表达的内容和思想却是发人深省的:它的整体仪式体现的是白马人对大自然的崇拜,传达的是维护当地祥和的社会环境和生态环境的心愿。有这种理念和追求的民族怎么能和观念落后联系起来呢?他们几百年前就开始追求的不正是我们今天大力提倡的吗?看了伬舞,我对白马人肃然起敬了。

2006年伬舞被纳入中国非物质文化遗产民间舞蹈类名录。从此结束了九寨沟只有自然遗产而没有国家级文化遗产的历史,也意味着该县的文化内涵大大丰富了。

我问陪同的一位小姑娘"勿角"是什么意思?她说是很远的角落的意思。是的,要把外面来的人吸引到这样一个地方,目前看还是有难度的。这也是侯经纬同志考虑最多的。他说现在困扰他的是两个方面:一是能传承伬舞的人不足10个,而且年龄较大,后继乏人;二是如果不能走向市场,保护也是一个难题。但他说令他欣慰的是县里实施的全域旅游将会给他们带来机遇,他们有信心。

如果说伬舞带给人们的是一种神秘的、充满血性的、毫不掩饰的文化快意的话，那么"南坪小调"带给人们的就是一种现实的、艺术的、深情的大众欢愉。

在罗依乡、保华乡，我们两次观赏了南坪小调。在一个村民的院里，男男女女的两排人，前面的坐在木凳上，怀抱土琵琶。后面的站着，手捏瓷碟和筷子。年龄大的九十多岁，年轻的十几岁，前面的弹琵琶，后面的敲瓷碟。周围是百听不厌、大大小小、男男女女的村民。唱到熟处，全体参与，就连不会唱的孩子也要跑进场，扭捏比画一番。

南坪小调也是九寨沟县的传统艺术，据县委常委、宣传部长刘志鹏介绍，在很长一段历史时期统称为"曲子"。一个曲子的曲牌有若干不同内容的曲子词，曲子词大多是根据古典故事、时事，由民间艺人口头编出，或是早就流传于民间的口头文学，用当地方言进行演唱。最早是山民们结束一天耕牧劳动后，或聚于庭前树下，或围坐于晚炊的火塘旁，弹起三弦琵琶，敲起瓷碟引吭高歌。逐渐大兴于婚嫁节假之日，乡亲们欢聚一堂，群弹群唱此起彼伏，气氛十分热烈，已成为当地人民生活中不可缺少的组成部分。

刘部长介绍说，"南坪小调"是在外来的民间音乐基础上发展形成的。它大概是清朝中叶以后由甘、陕的移民带入，其中文县人带来了"文县琵琶"，陕西人带来了"眉户清唱"，在近两百年的繁衍融会中，以"文县琵琶"和"眉户清唱"为基础，融合川北等地的民歌，吸收当地的藏族、汉族、回族的民间音乐素养而形成的，并发展成为四川曲艺音乐中的一个曲种——"南坪小调"。从表现内容上可分为历史传统类、爱情类、劳动生活类。从社会文化的角度讲是一定的文化层和文化圈,是川西北最具有地方特色的民间文化的群体活动形式。

虽然他们所诵所唱我不能完全听懂,但唱本我是能看懂的,确实是朴实无华、来自生活。比如:"手推八卦掐指算,灵英花园上香来";"头洞神仙汉钟离,赤面长须穿紫衣;手里拿的芭蕉扇,我与仙家庆寿安";"月儿落西下,秋虫叫喳喳,想起情郎小冤家,心里乱如麻,秋雨连绵下,西风冷透纱,痴空台前占个卦,注眼看花灯";"七岁修行翠云庵,十二年没下山,下山采药来炼丹,看中才郎心中乱,误了一世罗仙"。

我们一边吃饭,一边观赏第二场演出,看到不少同行者头戴草帽、墨镜,身披艳丽哈达,粉墨登场了。他们又唱又跳、其乐融融之景象甚是少见,与城市邻里矜持孤傲、互不来往、寡情冷漠形成鲜明对比。让我立即想起童年农村生活的快乐。

我过去认为,九寨沟只是藏民族的聚集地,听了"南坪小调"才知道,在很早以前这里就是一个多民族的聚集地。而为什么很多民族会在这里聚集呢?我翻阅了一点历史资料后才知道,这里虽然地处偏僻、地势险峻、环境恶劣,但它也是历代兵家的必争之地,尤其是唐代,唐王朝和吐蕃就在这一带多次进行过血流成河的战争。战争结束了,胜者要留人驻守,败者总有人无处可去,也只能留下来,从而成就了多民族的聚合。因此,如果谁以为九寨沟的文化是完全藏民族的文化,那就大错特错了。这里的文化习俗并不是完全藏民族的习俗,而是多民族的交汇。

我不懂音乐本身的价值，但从一代又一代人陶醉于这一民间音乐的形制中，感觉到它的价值是不应被小视的。尤其是当我得知有好几位九十高龄的老人还在经常参加演唱时，更加明白了这种音乐形式为什么这么大受欢迎。其实，它已经像种子一样种植在他们的心里，像血液一样流淌在他们的身上，随着生命勃发、律动，经久不衰。我甚至觉得它的价值可能被低估了。

在几天的采风中，我们还参观了罗依乡的高山现代农业产业区，品尝了园区生产的各种绿色食品；就宿于漂亮的悦榕山庄和名雅酒店……此行的收获真的是超过了我的预期。我深深感到九寨沟县在全域旅游上所做的大量扎实的工作，从而使我相信，这一战略的实施，必将使九寨沟更多的山水景物之美、文化民俗之美、健康运动之美、绿色饮食之美呈现于游人，九寨沟人民的生活也会因之更加美好、和谐、富裕、文明。

2018 年 6 月 23 日
于国家行政学院 3 号公寓

诺日朗

沈苇

400多公里,不算遥远,这一次却是漫长的。从大盆地到大高原的过渡带,海拔渐渐抬升,一车风景朝圣者置身于朗朗晴空下,白云是我们的向导之一。晃晃悠悠、不急不躁的大巴穿越在崇山峻岭,绝美的景致迎面而来、汇聚而来,这时候,时间慢了,旅途长了,空气也让人心情舒展了。在风景画卷中旅行,旅途本身就是一个个的目的地。一路上,圣洁的雪山、天空滑翔的鹰、大森林、羌人石堡、白马山寨、河道、飞流、草甸上的野花、路边一对亲密的白牦牛……都是不容错失的细节。光线在一天中的变幻,应和朝圣者的呼吸和心跳,一点点暗下来,到黄昏,驶入哪一片风景、哪一座小城、哪一个村庄,都好比游子还乡、重返故土。更何况我们的目的地是九寨沟。

这样的旅途,就像偶尔闯入的异度空间,未离开已开始思恋,祈愿旅途的永不终结。成都——郫县——都江堰——汶川——茂县——松潘——南坪(现九寨沟县)的勿角、罗依、保华……一路上我念叨着、思恋着和祈祷着的是"诺日朗、诺日朗",几次提醒领队和司机停一停的是"诺日朗"。入九寨沟景区不久,有人喊:诺日朗!垮塌的诺日朗瀑布像一座遗址,在窗外一闪而过。我站起来喊:停一下!车没有停下来,反而加快速度,好像要去前方办一件急事。我打了个趔趄,抓拍到一张模糊照片,黯然而失望地跌回到原座……

十年前的汶川大地震对九寨沟影响甚微,2017年8月8日的7.0级地震对九寨沟却是一次重创。九寨沟风景变成了受伤的风景,诺日朗瀑布变成了"瀑布遗址"。风景朝圣者们怀揣各自的心思和向往,千里迢迢而来,万里迢迢而来,希望向大自然请教,从它那里获得治愈、慰藉和启迪,却遇到一个受伤的大自然、一片受伤的风景。其中一位,因未能在"瀑布遗址"前逗留、凭吊,心中徒添额外的惆怅和神伤。

诺日朗,藏语意为"高大伟岸"。诺日朗瀑布是中国最宽的瀑布,陡坎跌水、多级下跌的"叠瀑",因瀑中树、树中瀑的混溶特征,成为十分典型的"森林瀑布"。诺日朗瀑布与西藏的藏布巴东瀑布、广西的德天瀑布、晋陕交界的黄河壶口瀑布、云南的罗平瀑布、贵州的黄果树瀑布一道,曾被《中国国家地理》评为"中国最美六大瀑布"。作为一处开放性钙华瀑布,它比钙华洞穴更稀有,形成的时间也更为漫长。

从文字、影像和未曾相遇前的想象中,诺日朗瀑布在我心中的地位已是独一无二的了。就像我在白马山寨英各村见到的2000岁的青杠树和1200岁的姜朴树,我只能将它们尊为"树中之神"。诺日朗同样是一个神,一个"瀑布之神":是男神,也是女神;是白马人的神,也是汉、藏、羌各民族共同的神;是万物有灵之神,也可能是葛水平所说的"磨神"。

但现在,我们的神受伤了。当我们的神受了伤,人类总是无力相助。古人会歌哭、呼告,而我选择了默默祈祷,祈祷我们的"瀑布之神"早日痊愈、康复。受伤和苦难,本身就是神祇不可抗拒的命运之一。

> 高原如猛虎,焚烧于激流暴跳的万物的海滨
> 哦,只有光,落日浑圆地向你们泛滥,大地悬挂在空中
> 强盗的帆向手臂张开,岩石向胸脯,苍鹰向心……
> 牧羊人的孤独被无边起伏的灌木所吞噬
> 经幡飞扬,那凄厉的信仰,悠悠凌驾于蔚蓝之上……
>
> ——杨炼《诺日朗》,1983 年

这是杨炼《诺日朗》的开头,读到这首诗时很受震撼。杨炼取"高大伟岸"之意,将诺日朗写成"高大、雄健、主宰新月"的男神,是"所有江河的唯一首领",他无疑是欲望和骚动、奔放和热情的混合体,"流浪的女性,水面闪烁的女性/谁是那迫使我啜饮的唯一的女性呢……在世界中央升起/占有你们,我,真正的男人。"《血祭》部分写"杀婴的血,行割礼的血,滋养我绵绵不绝的生命""用自己的血,给历史签名",死亡意识和语言狂欢达到高潮:"赴死的光荣,比死更强大……你们解脱了——从血泊中,亲近神圣"。

有人评价《诺日朗》:"在对人类历史奥秘的追寻与探究中充满了生命力的骚动,恢宏地展现了生命的萌动和人类起源的壮美景观。"有一定的道理。《诺日朗》的确写得霸气十足,极具原创

力,从历史与文化的维度,它写的是毁灭与创世、死亡与重生,但结合现实遭际和今天语境,时隔30多年后,重读此诗,令人百味杂陈,能更多地读出了一种残酷和不安——诺日朗接近一个原始神和暴力神,就像旧约中毁灭性极强的耶和华。列维—斯特劳斯曾在《忧郁的热带》中分析过世界三大宗教,认为佛教、基督教具有阴柔的女性特征,伊斯兰教具有阳刚的男性色彩。当然我们不能仅凭诗中"新月""割礼"等词去指认这种"阳刚特征"和"男性色彩"。即便杨炼自己今天去重读这首诗,仍陷入语言的狂热与轮回,无法得到解脱和告慰,如果没有《煞鼓》中这一超越性的结尾:

在黑夜之上,在遗忘之上,在梦呓的呢喃和微微呼喊之上

此刻,在世界中央。我说:活下去——人们

天地开创了。鸟儿啼叫着。一切,仅仅是启示

诗人、作家因世界观、价值观不同产生相异的文学走向,对同一事物给出不同的命名和解读,从而带来文学的丰富、多元和差异性活动力。近读赫尔曼·黑塞的小说《悉达多》,感到他的思维方式有着某种神秘绮丽的东方色彩,他对异文化、对佛的理解不亚于东方人。"河水无所不知,求教河水可以学会一切。"他写道,"无论在源头、河口、瀑布、船埠,还是在湍流中、大海里、山涧中,对于河水来说只有当下,既没有过去的影子,也没有未来的影子。……一切都是本质和当下。"书中写到一个场景:一次,正是雨季,河水暴涨,水势凶猛。悉达多过河时,听到了水中成千上万的声音:王的声音、卒的声音、牡牛的声音、夜莺的声音、孕育

者的声音、叹息者的声音……"你可知道,"悉达多问船夫瓦稣迪瓦,"当万千声音同时响彻耳畔时,它所说的那个字?"瓦稣迪瓦幸福地微笑着,附身靠近悉达多,在他耳畔说出神圣的"唵"。这也正是悉达多听到的。

我更愿意从黑塞的视角去看河水、看瀑布、看诺日朗,一个流动的"本质和当下"。在我眼里,诺日朗不是男神,也不是女神,而是雌雄同体、刚柔并济的混合神。超越性别,成为群山中的尊者、菩萨。诺日朗的银色飞瀑是万千声音的混响,当它们声震山谷、响彻耳畔时,天地忽然安静下来,风景朝圣者凝神期待一个声音、一个词中之词——"唵"。这个词久久吐纳在诺日朗的呼吸间,然后轻轻地化为从群山深处向我们送来神圣的"唵"的时刻。

令人欣慰的是,尽管"8·8"地震使九寨沟身受重创,但大自然的自我修复能力是惊人的、超乎我们想象的。地震后,许多海子的水是浑浊的,但随后几天,湖水一天比一天清澈,不久就恢复以前的样子了。植物也一样,特别是"先锋植物",从第二年开始就在被毁的地方迅速生长,本能地防止水土流失,恢复土地的"原生态"。诺日朗的涓涓细流渐渐涌现,瀑布已恢复了近百米的宽度……据陶钢县长介绍,九寨沟景区的修复坚持"自然修复为主,人工修复为辅"的原则,绝不介入太多的人工干预。"等到明年,诺日朗瀑布康复如初,你一定再来!"他说。我们之间有了一个约定。

我想起我的朋友、曾在九寨沟景区挂过职的新疆散文家康剑的一个生态保护观点——"大自然的事交给大自然自己去办"。在《喀纳斯自然笔记》一书中,他对地质灾害提出了与众不同的看法:"当今人类在发生大大小小的地质灾害后,总是急于疏通河床中形成的堰塞湖,这是否科学和必要?试想,如果当年喀纳斯周围大大小小的湖泊形成时也有人类存在,而那时的人们和现在的人们一样,及时清除了形成这些湖泊的堰塞体,那么,我们今天还能看到如此美妙的山河湖泊吗?其实,我们人类经常会犯一些自以为是、自作聪明的毛病,动不动要和大自然做一番战天斗地的抗争。当自然界发生了灾难的时候,我们是不是应该把大自然的事交给大自然自己去办,让它自我修复和完善,或许不失为最佳选择。"

九寨沟美景源于大自然的长期造化,是大自然鬼斧神工的产物,是冰川、地震、崩塌、滑坡、泥石流等内外力共同作用的结果。辩证地说,破坏力也是伟力和造化能力之一。大自然总是不加选择地欢迎所有的命运、承担所有的命运,然后以绝佳的形态和景致,向风景朝圣者们展现他们渴慕的安详与镇静、美丽与爱意。这种爱意堪称一个"神圣源泉",此刻正从诺日朗受伤的身躯汩汩涌出、飞奔而下,流向山谷、盆地、城池、人群,提醒我们:对风景的朝圣是一次求教,也是为"爱"效犬马之劳。

> 一个为爱效过犬马之劳的人
> 在今天被视为失踪的人
> 正往旷野和荒凉中去
> 独自面对孤寂、衰老和死亡
> 而爱,会跌跌撞撞活下去

> 获得一次次的重生
>
> ——拙作《我为爱效过犬马之劳》,2016年

诺日朗还在那里,并且永远会在那里。窗外一闪而过的诺日朗,失之交臂的诺日朗,疗伤、康复中的诺日朗,我会再来,看你涅槃和重生!

2018年7月2日

沟里的标准

蒋子龙

当今世界上最好的自然景观多在沟里,如九寨沟、雅鲁藏布江大峡谷、科罗拉多大峡谷……峡谷也是沟,连太平洋底下都有一条神秘的深沟。

或许正因为是沟,野犷雄蛮,神秘莫测,人类难以涉足,才使原始的自然景物得以保存。不要说那些神秘的大峡谷,就是开放多年的九寨沟,我有两次到了沟边上都进不去。一次是因为大雨冲坏了进沟的道路,另一次是因为游客太多,从沟口到沟底的几十公里全是车,游客从早晨排队到下午三点钟还无法进沟。九寨沟最佳日容量1.2万人次,最大日容量1.8万人次,拒绝超出它最大接待能力的游客。这让我感到新鲜,游客都是给九寨沟送钱来的,这个年头有谁还会嫌钱多了烫手呵?

这或许也可称之为"君子爱财,取之有道"。"道"就是规矩,就是标准。符合标准,多多益善,不符合标准,多一分也不要。于是,我开始关心九寨沟的标准,收集有关九寨沟的资料,向去过九寨沟的人打听沟里的境况,渐渐地竟发现了一些别有趣味的现象。

比如,凡是关于九寨沟的资料,以及所有去过九寨沟的人回来谈九寨沟、写九寨沟,都爱用形容词,爱打比喻,遣词造句极尽华丽。自以为九寨沟是诗人的摇篮,去一趟回来就都成了诗人,殊不知九寨沟正是扼杀诗人的地方。在那里数文字和语言最无力,它的美霸占了想象力,文人们越夸饰、炫耀地卖弄文字,就越显得矫情、做作、肤浅。就我的视野所见,到目前为止,凡写九寨沟的诗、文章以及绘画,都不及一幅九寨沟的摄影作品更美、更自然、更真实感人。

九寨沟只需原样不动地复制,就已经非常神奇。任何人为地锦上添花,都只会贬低它、伤害它。等到我也终于有机会走进了沟里,才知道这原来就是它的标准:保护第一,开发为辅,保护好就是开发,开发只能是为了更好地保护。

据说以前沟里布满大大小小的旅馆,共有7000个床位,一声令下全部拆除,恢复九寨沟的自然原貌,游客一律"沟里游,沟外住"。其实,光是"游"就已经够可怕的了,九寨沟不过百里长,一年要承受200万人次的践踏,若没有保护措施,时间一长九寨沟还不得变成"九寨大道"。于是,60公里长的木板人行栈道建起来了,野趣自然,与沟里的环境相协调,游客走在栈道上,水在脚下流,花在道边开……

九寨沟的湖光山色自然令人惊奇,但更让我惊奇的还是为了保护这湖光山色而制定出的一系列"沟里的标准"。在我的印象里,似乎还从未见到过像九寨沟这么干净的旅游热地,无论是在沟的大面上,还是沟里的角角落落,你绝对见不到一点垃圾。

九寨沟人多,来自世界的四面八方,其中当然就有自觉的和不自觉的,沟里为自觉者提供了各种便利,包括游览的便利和丢弃垃圾的便利。比如外面的车辆一律不得进沟,不论公家的私家的、高档的低档的,想乘车进沟游览,就只能乘坐以天然气为燃料的绿色环保观光车。

那么,对待不自觉的游人呢,就得用笨办法。九寨沟里游动着一种身着绿色环卫服的人,他们大多是沟里的原住藏民,对沟里的每一寸土地都进行了分段包干,游人多的地段可以只负责几百米,游人略少的地段要包管千米。他们无处不在,无时不在,不允许在自己负责的地面上有丁点垃圾,哪怕是一片纸屑。事情就是这样,再不自觉的人,到了一个非常干净的地方也会收敛许多。即便是再没教养的人,你在前面丢,人家跟在你后面捡,捡来捡去就会捡得你不好意思再乱丢了。

但,有一种垃圾是不能随丢随捡的,这就是粪便。厕所是所有旅游景区的难题,最是煞风景,可没有厕所又不行。何况九寨沟的生命是水,污染了沟里的水也就等于毁了九寨沟,解决这个世界性的难题,需得用眼下世界上最先进的科学技术,于是九寨沟建起了"打包厕所"。人少的时候一天一清,人多的时候一天两清,将粪便打包运到沟外处理。

然而,旅游胜地的垃圾又岂止是这些有形的东西,还有一种垃圾是无形的,可称之为"文化污染"。比如,将所有景点都穿凿附会成一个浅俗的民间故事,解说词像哄着儿童猜谜语,有巨石俯向水面,就会说像不像"老牛饮水"呀?山顶上有块狗头石,就可以将一个景观命名为"天狗吠日"等等。而九寨沟的导游员则只介绍每一个景点的自然背景、历史资料和物理指标,诸如长多少,宽多少,深多少,都有什么成分,含量多少……九寨沟的现实胜过一切神话传说,它是绝无仅有的,无须再把它想象成别的东西来招徕游客。

九寨沟是大自然的恩赐,进沟应该有朝圣般的洁净感和敬重感。人类经历了痛苦的受制于自然和改造自然的漫长过程,终于认识到人类起源于自然,自然永远都是人类生存和发展的基础,必须要尊重自然和保护自然,以自然能够接受的方式,跟自然和谐相处。九寨沟制定的"沟里的标准",也可以说是自然的标准、自然的规则。遵守这个标准,九寨沟自然,游人也自然,也只有让山水自然,人才能自然。自自然然,才有真的快乐。

九寨沟三记

熊召政

1997年7月下旬,我曾去四川西北高原的九寨沟做过一次短暂的旅行。岷山南段朵尔纳峰山麓的这一条沟谷,本是嘉陵江源头的一条支流。以高山湖泊与瀑布群而闻名遐迩。

九寨沟是"Y"字形,入口处是树正沟,往上又分为则查洼和日则两条支沟。三条沟里有118个翠海,17个瀑布群,还有众多的钙华滩流。它们千姿百态,极尽自然之美。因此,九寨沟有了"童话世界"的美称。

五彩池

则查洼的顶端是长海。这海子有点像新疆天山上的天池,但比天池大。四围之山,层叠葱翠。右侧最高峰赭石壁立,倒映海中,如城如幕。海中无舟楫,为的是保护清纯的水质,免受人之污染。故不知长海往里走还有多远,像我这种好作赤松子仙游者,也只能临海一叹。

从长海回头,过山水画廊,穿夹道繁花,约两公里,即是五彩池。

深谷之中,一片凹地,积了一汪水,乍看盈盈一碧,细看色彩斑斓。古人言静若处子。而处子之静,比起五彩池,又差得远了。

这是我站在半坡上看到的五彩池的第一感觉。等到我走下丛林,站在池边,看到东岸之花木摇曳,蕴水之色彩迷离,真的禁不住要长啸一声。

久居江南,见水之狎人者:春江花月,渔灯隐隐;水之妩媚者:桃花流水,雾月相随;水之幽绝者:寒潭古涧,终古泠泠;水之放荡者:喷雷激电,冲跌无状。狎人者乃水之歌伎,妩媚者乃水之少女,幽绝者乃水之隐士,放荡者乃水之狂客。以此四种来比五彩池,其境皆非。

五彩池不过百席之地,水深丈许,地底石块差参。石隙中长出各类水草,纤纤细细,柔柔嫩嫩,仿佛不是长在水底,而是长在清晨的空气澄明的草地上。

生平第一次见到如此清澈的水,仿佛这不是一池水,而是一池空。是那样容不得半点纤尘的空,太虚幻境的空。

斯时阳光正好。川西高原的阳光,虽在流火七月,却是强烈而不燥热。照到池中,一汪幽幽水,竟成了变幻无穷的彩池。

一池绿、一池蓝、一池紫、一池黑、一池白。绿是那种雍容大度的绿,蓝是那种无拘无束的蓝,紫是那种悠悠忽忽的紫,黑是那种亮亮丽丽的黑,白是那种玲珑剔透的白。水底有石累累,有草飘飘,有朽木横斜,有落叶纷呈。它们因风而生姿,因光而吐彩。枝影横斜，互衬美丽。

观察再细致一点，就会发现，这一池清水，含蕴漾动的色彩又岂止上述的五种呢？单说绿，就有深绿浅绿之分，蓝中亦有孔雀蓝、宝石蓝等。捉摸不定的色彩变化，稍纵即逝而又毫发可见。就在我临水凝视的时候，只听得叮咚一声，待涟漪散去，只见一丈多深的水底，有一只红红的玛瑙手镯，卧在白石青草上。原来，是一个刚走到池边的小姑娘，因为激动而撒手欢呼，那镯子便脱手而飞了。小姑娘似乎一点也不懊恼，她望着水中那小小的一圈猩红，露出兴奋的笑容。

忽然，我觉得这一池水应该是陶渊明所推崇的桃花源中水了。一想又不妥，桃花源毕竟是人间烟火之地，饮食壶浆，耕耘稼穑，皆取之于水，水难免不生长浊意。或许，它应该是传说中的瑶池之水，想一想还是不妥，那瑶池是仙女们沐浴之地。尽管她们美丽的胴体让人惊叹，但毕竟浴过的水，或多或少，总还是有那么一点秽气的。

五彩池是不可比拟的，它就是它。人气与仙气，对于它都是多余的。就连住在山中的熊猫，似乎也很知趣，并不来这池中饮水。

孔雀河道

熊猫海和五花海之间，有一条悠长的山谷，溪泉流贯其中。

这条溪流有一个美丽的名字:孔雀河道。

我们是依次游过天鹅海、芳草海、箭竹海和熊猫海之后,才走下孔雀河道的。一串串的高山湖泊,让我感到一种特殊的宁静和美丽。天鹅海中的芦苇如同江南的田禾,百年老树倒卧湖底,像入定的美髯的仙翁;箭竹海浅草岸滩,小翠鸟飞飞点点、呜呜啭啭。鸟声落处,绿绿的苇丛边,水流处,有一带黄花开得正旺。幽静啊!清纯啊!置身其中,我的日渐迟钝的触觉、嗅觉和味觉突然间变得非常敏感了。

正午时分,在熊猫海古松蔽日的岸边木桥上稍事休息后,我们走下了孔雀河道。

我一直很喜欢幽谷,它蒐集了山水的阴柔之美。庐山的青莲谷,张家界的金鞭溪,皆幽谷中的珍品。孔雀河道并不是九寨沟最惹游人的景区,但是在我眼中,它却是一段可留可步的至美空间。

顺着熊猫海里侧山壁间的栈道而下,首先入眼的是一帘瀑布。共三挂,中挂大,左挂小之,右挂又小之。三挂都跌落在一块平坦的巨石上,然后又分成许多更细更白的瀑布跌宕而下。尔后又一跌,再跌,飞泉漱雪,银练腾空,豪壮中又含有几分飘逸。

再往下,众瀑合为一溪,在谷底的密林中迤逦穿行。这是一片怎样的密林啊!两边的山坡峭壁上,长满了森森古木,随便哪一棵,都有着千百岁的年龄。该绿的绿,该赤的赤,该枯的枯,该旺的旺,一切随意,决没有人为的痕迹。而谷中的树木,以松与杉居多,它们都是族类中的伟岸丈夫。头顶上的太阳仿佛是来自神仙世界的瑶光,照射到它们身上,散发出各种各样彩色的光芒。但也有不少灌木夹杂在松杉之间,瑶光之下的这些灌木,仿佛不是木质的植物,而是一团团天女织出的罗绵。水雾缠绕其上,蝴蝶翩飞其中,山花簇拥其下。层层叠叠,妙趣天成。在这里,我想特别提及一种开花的灌木。花大如碗,花白如月,怒放在苍郁森林中的这一树一树的白花,像乐园里少女的微笑。我曾问及导游小姐这花叫什么名字,她抱歉地摇摇头说不知道。

孔雀河便是在这样的氛围中潺潺流去,河中的鹅卵石,像是下了一地的恐龙蛋。而恐龙,恐怕还在两边高山的密林中酣然而卧呢。听说还有人看见熊猫在这孔雀河里饮水。草原上不能没有牧羊犬,如果没有熊猫,这一只只会走动的花,孔雀河的美,便失去了它的独特与非凡之处。

停停走走,走走停停,约有两公里的下山河道,竟被我走出了千里万里长的诗情。美并不是什么神秘的东西,它明明白白,却回味无穷。行到水穷处,坐看云起时。我一直很喜欢这两句唐诗。但我脚下的水没有穷处,我头上的云,却是丝丝缕缕,如同飘自远古的梦痕。

当我刚刚感到腿有些乏力时,路拐弯处,一座小小的四角亭出现了。这是围绕一棵巨松而修建的亭子。松木为梁、为柱、为椽,松皮为瓦,松板为地,板下是一泓碧汪汪的水潭。站在这别致的小木亭里,倚着那棵巨松,听水声、鸟声,看落花,卵石上的苔藓。你马上感到,林泉风度该是多么美妙。

这亭子里应该站一个吹箫客,吹长亭送别,吹曲水流殇;或者,站一个酒仙,舀起这满谷奔流的玉液椒浆,与古松对饮。让酒香把熊猫引进亭子,一起来与狂饮的刘伶为伍;或者,来一位诗人,他有着满头白发,腰间挂着陆离长剑,对着流水,朗朗而吟"大江东去,浪淘尽千古风流人物……"

我虽然也是一位诗人,也站在这座小亭里,我只能唱"今宵酒醒何处,杨柳岸晓风残月"。不是我意志消磨,而是在这幽深的孔雀河谷中,我醉于美丽而不知烦恼为何物。

珍珠滩

九寨沟的水,静到极致的是五彩池。动到极致的,则是珍珠滩了。

珍珠滩在日则沟的下部,五花海与镜海之间。一片世所罕见的钙华群流。当我置身在这一片流滩之前,真是惊喜莫名。无数问题的循环,形成历史的曲折。而眼前的千折万折流水,千叠万叠急湍,则构成了无穷的自然之美的循环往复。

这是一片怎样的滩流啊!

碎雪团团,随阳光而流转;晶珠粒粒,含霞光而滚动。簇簇鹤羽,栖碧树而徘徊;点点星光,坠寒露而闪烁。石瘦松长,在清泉白瀑之间;天荒地老,在漱雪轰雷之中。千条万条欲飞之龙,盘踞旷古的草莽;千树万树争艳之梅,摇曳抗俗的冰心。牦牛渡水,悬岩且成函谷;青鸟涉滩,卵石喜搭鹊桥。秀树如杯,送我千盅芳醪；石笋如笔，画出一轴云烟。神话、图腾、自然，彼此混为一体；现在、过去、未来，时间已经凝固。

徘徊复徘徊，流连复流连，在这变幻无穷的流滩前，我真正领略到了自然之美的催眠能力。当然，被催眠的不是我的身体，而是我的精神。德国一位哲学家说："一切时代的伟大艺术都来自于两种对立力量的相互渗透——来自于狂欢的冲动和梦幻的精神状态。也就是存在于做梦状态和醉酒状态中的那种对立。"此刻的我，正是处于这种对立之中。

热爱自然的我，曾在多少回梦游中，向往那种野性与温柔统一的山水。既精美绝伦，又狂放不羁；既是情绪的极度宣泄，内在的结构又井然有序。珍珠滩正是这样的一片山水。到此你可以深信，最好的艺术就是自然本身。面对它，你将获得幻想的力量。激动人心的狂歌狂舞，清澈宽博的云水襟怀，它们相互渗透，互为表里，使珍珠滩成为一件伟大的艺术品。

顺着滩流间的木板小路，我且观且行。钙华的缓坡上，生长着密密匝匝的矮树丛，每一株树都枝干倔强，横陈有致。椭圆而小巧的绿叶，绿得何其深沉。葱白的滩流便在这些树丛中蹿流，偶尔弹上板桥的细碎的浪花，像是自空而降的一絮霜，轻盈湿润，落在脚背上，痒酥酥的很是舒服。

顺着木桥，我们涉过滩流，来到了珍珠滩的里侧，拐过谷口，突然听到一片巨大的水声，如万壑惊雷。噼噼啪啪的大雨点，也兜头兜脑砸下来。循声望去，但见一屏百米多长的环形峭壁上，跃动着数十条瀑布。细如银蛇，大如蛟龙。蛇如响箭，龙如狂飙。

它们交织在一起,扭动、狂舞、呼啸。逼得每一个前来瞻望的行人,都不得不倒吸一口冷气。这是何等壮观的瀑布的家族啊!物理的真实与艺术的真实达到了完美的结合。这一挂挂数十米高的银瀑飞身而下,让我感到脚下的岩石在颤抖,山谷在悸动,大地被撕裂。被溅起的水雾,如簇簇银花,团团雪凇。照射它们的阳光,显得那么苍白无力。不是万古长新的太阳病了,而是这些瀑布的生命太过奔放。

身临其境,我感到我的长期在理性与逻辑的熏陶下而被束缚的人性,突然一下子获得解放。我想到"拔剑四顾何茫茫"的李白,我想到"雕裘换酒也堪豪"的秋瑾。他们追求真挚的生命,而不惜砸碎世俗的枷锁。秩序是社会和谐生活的保证,却是艺术的大敌。追求卓越的生命首先就该具备粉身碎骨的勇气。像这高高的飞瀑,刹那间完成生命的壮烈。

此刻,我仿佛看到飞身而下的不是珍珠滩的流水,而是历代那些从理想高地上一跃而下的仁人志士。他们在地为珍珠,腾空而起后,则化为彩虹,化为苍穹上的闪闪熠熠的星河。

九寨沟仙籁

陈　新

青山绿水也好,荒楚邈绝也好,这应该是生活在这方水土的人们的灵魂伴侣。

在饥寒交迫,战事纷扰,时局跌宕的岁月里,跟着他们背井离乡,翻山越岭地一路走到这儿,且入乡随俗不离不弃地扎下根来,任由时光如何疾慢,草木如何枯荣,季节如何更迭,都生生不息地繁衍下去。

拙朴而又记录着风雨霜雪的年轮,简单却又流淌着心灵深处的清纯拔俗。

当我聆听着饱满和润悠扬佳胜的乐律,品味着一尘不染原生态的歌词,脑海中便浮现了一幅历史的画面:

颠沛流离背井离乡喜怒哀乐的相随,战胜冷漠自然提挈生活温度的力量,思乡刻骨却又回不去的哀伤,以及把异乡当故乡植入因缘的感恩,甜蜜波折而又令人勇敢的爱情。

把寒暑易季酸甜苦辣唱成美好的热爱,把爱情亲情缠绵悱恻唱得韵致绸缪……

强烈的情愫代入感,让我浮想联翩。

　　正月里采花无花采,

　　二月间采花花正开。

　　三月里桃花红似海,

　　四月间葡萄架上开。

　　五月里石榴尖对尖,

　　六月间芍药赛牡丹。

　　七月里谷米酿成酒,

　　八月间闻着桂花香。

　　……

在山间田畴,在高音喇叭里,在收音机里,在电视机里,在即将到达成都的飞机里……

耳熟能详的歌声,悠扬婉转的旋律,一直优美着我曾经苦涩的成长和如今幸福的生活。

很久很久以前,热爱音乐的我只知道这首与采花有关、旋律朗朗上口、曲调雅澹的歌曲是民歌,后来才知道是四川民歌。

是四川民歌吗?

这与《太阳出来喜洋洋》及《黄杨扁担》《跑马溜溜的山上》这类四川民歌,完全是两种风格。

初夏的热烈里,我再次走进温凉秀美特立独行的九寨沟县,有幸第一次零距离地接触采花调,接触南坪曲子。

清新的南坪曲子的存在,形胜于九寨沟的存在。这是一种至柔,更是一种至美。

南坪曲子有着明显的地理标志,它的故乡在川西北高原的九寨沟县,是九寨沟县一带汉族闲时、喜庆以及节日自弹自唱的民间音乐。

九寨沟县以前叫南坪县,由于南坪曲子的年龄比更名后的九寨沟县的年龄更大,所以这个民乐保留了旧名。

南坪县山高沟深,远离繁华,按理说"浔阳地僻无音乐,终岁不闻丝竹声",何来如此优美的民乐如幽兰般生长于大山深沟之间?

南坪曲子又称"南坪小调""琵琶弹唱"。

南坪曲子旋律优美抒情,如高山流水,澄澈清雅,远离重金属,且一尘不染,是川西北,以至于四川,以至于中国有着非常鲜明地方特色的民族民间音乐。

高原的南坪自然条件艰苦,南坪曲子无疑是南坪人艰难枯燥生活的一种芳泽内心的柔顺剂,是南坪人心灵营养中不可缺少的重要润滑成分。人们在结束一天劳作之后,或聚于庭前树下,或围坐于晚炊的火塘旁,弹起琵琶,敲起瓷碟,摇起碰铃,或轻唱低吟,或引吭高歌。

琴音调悦,歌声缭绕,舒缓疲惫的身心,濡染自己构建的情感的美好氛围。

尤其在婚嫁节庆之日,远近亲朋欢聚一堂,天施地化,欢欣弥散,乳莺春晓,从而福由心生。

一方水土养一方人,一方文化也有其物候的根。

如同川菜要用四川调料烹制才美味垂涎一样,南坪曲子要用南坪产的木头雕刻的土琵琶伴奏，用南坪当地的方言演唱才最动听。

南坪琵琶，与其他地方的琵琶相比，殊为不同，苗条秀颀状如世间美丽的女子。

在南坪曲子的弹唱中，琵琶是很重要的乐器。而正如南坪的曲子一样，这里的琵琶独一无二。它的制作技艺，也是一项急需保护的非物质文化遗产。

在九寨沟县罗依乡的南坪曲子幕天席地的表演现场，在正式演出之前，一位怀抱琵琶鹤发童颜的老者引起了我的注意。吸引我注意的，正是他怀中所抱的琵琶。

我走了过去，好奇地问："师傅，这是什么乐器呢？"

老人满面笑容："这是南坪琵琶呀，今天我们给你们表演就用这个东西。"

我半开玩笑半认真地继续问："这是琵琶吗？怎么跟我见过的琵琶长得不太一样呢？"

"是有些不一样。"

于是，老人给我做了详细的解释。

没想到，这位老人是南坪琵琶制作的省级非遗传承人刘玉平，今年60岁。他是九寨沟唯一能弹、能唱、能做琵琶的全能传承人。

刘玉平说，普通的琵琶背板呈拱形，而南坪琵琶背板则是平的。

南坪琵琶状如最美好的女性人体，瘦长精致，其琴头、琴颈、弦轴等也仿女性人体比例,且各有象征。

普通琵琶的琴头与琴面是在同一平面的,南坪琵琶的琴头则是向后呈一个漂亮的弧度,就像古代女人的发髻;三根弦轴,像古代女人的发簪;普通琵琶面板没有开孔,南坪琵琶却在面板中上部左右对称各开了五个孔,这五个孔中间那个孔是圆形的,周围环绕着的四个孔是椭圆形,这是女人的一对乳房;而琵琶下面的琴座,则像女人的肚脐。

弹奏普通琵琶时,通常以拥抱的姿势,竖着将之偎依于怀抱之中,同喜同悲;弹唱南坪琵琶时,则怜爱地横斜抱着,如宠宝贝般呵护备至,相互慰藉。普通琵琶有四根弦,四弦四音、高低错落,等级分明;南坪琵琶却只有三根弦,三根弦只有两个音。而且,南坪琵琶三根弦也有寓指,一根是雄线独担一音,两根是雌线音律相同,阴阳之配,缱绻氤氲……

南坪琵琶寓有所指,看似牵强,但其实用南坪琵琶演奏的乐音,却与普通琵琶大有不同。

普通琵琶弹奏出的声音比较干涩清脆,嘈嘈切切,有着金属的质感和珠落玉盘的果断;而南坪琵琶弹奏出的音韵却婉约丰润、莺语流泉、纯洁清幽,弥漫着女性的味道。

一把好的南坪琵琶,可以传承上百年。但要制作一把好的琵琶却很不容易。

刘玉平说,他已经是南坪琵琶制作工匠的第七代传人了,从小看父母制作南坪琵琶,帮着打下手,虽然自己早就掌握了制作南坪琵琶的各道工序,且技艺娴熟,但是直到他38岁那年,父亲才允许他独立制作南坪琵琶。理由是未成熟的男人不理解南坪琵琶的妙处，制作出来的南坪琵琶也演奏不出那种女性温和柔顺熨帖的音韵。

制作琵琶看似容易，真正动手了才知道，其实很难。

因为从选料到完成，全靠制作者的一双眼、一双手，一份心灵，一种天赋。

制作南坪琵琶的木材以百年椿芽老树为最佳。香椿木素有"中国桃花心木"的称号，由于被人们年复一年地采摘叶芽，因而香椿树真正能成材者非常稀少。

香椿树甚至与帝室有关。传说古代一位皇帝在落难时吃其嫩叶渡过难关，返宫后为答谢香椿树的救命之恩，特赐香椿树为百木王。

香椿木又名辟邪木。故此，不少地方的老百姓在修房建屋时，或大到房梁，或小到木榫，一定要用到香椿木，以祈求家人安康、幸福。

吉祥辟邪当然好。但香椿木材质强度适中，非常耐腐蚀，能避虫蛀，这才是用它制作南坪琵琶的主要原因。

而且，事实也证明，用经风历雨的香椿木所制琵琶弹奏出的音质，真有一种圆和芬芳心旷神怡的味道。

其次则是椴木。椴木的特点是油脂浸润，木纹细致，木质柔韧，不仅易加工，而且耐磨耐腐蚀，不易开裂。

用为尘寰中人增食增味也增智的核桃木制作南坪琵琶也很好。

核桃木密度中等,纹理生动,结构细匀,冲击韧性高,弯曲性能良好。

凡此种种。

除了树木品种的选择外,对于所用之材的生长环境也有所挑剔。

生长于阳山、阴山,所处位置的风水,以及位居整树的第几节……材质有异,对应制作而成的南坪琵琶演奏的音质也各有千秋。

靠近根部的木材,因为风撼不动,四平八稳,因循守旧,木质僵化,不适合制作南坪琵琶;生在风口上的木材,因为在生长的过程中经常随风摆动,杨柳婀娜,左右逢源难有原则,木质风流,也不适合制作南坪琵琶;而生长在土地相对肥沃,养分充足,微量元素不缺乏,有涵养有素质,木质规整,且直径在 30 厘米以上的香椿、椴树,或核桃,才是好料。

南坪琵琶以整木雕刻而成。面板为其整木改下的一块,待雕刻完成后,再以之覆面。

因而把树砍下来后,刘玉平首先要将其改成 5 厘米厚、26 厘米宽、100 厘米长的木板。所有的木料都不能曝晒,需自然阴干,直到干透。

这是一个涅槃升华的过程。

从有生命的木材,蝶变成有灵魂的料材,这个过程需要长达一年的时间,365 个日子的沉潜与修炼。

一年后,刘玉平才能运用斧子、凿子、刀子等 50 种多种工具,在上面精雕细琢,赋予其音乐的仙籁与内质,凝结灵性与感动的情怀。

> 正月里来是新春,家家户户挂红灯。
> 人家有夫团年会,孟姜女丈夫修长城。
> 二月里来二月半,想起奴夫好忧伤。
> 春天燕儿都成双,只有奴家守空房。
> 三月里来正清明,男女双双去上坟。
> 人家上坟都成双,不见奴夫范喜良。
> ……

马四云对南坪曲子的热爱深入骨髓,一唱几十年。

土生土长于九寨沟县的马四云,也是四川省非物质文化传承人。不识谱的她,却弹得一手好琵琶,唱得一口好曲子。

这,当然得益于她在成长过程中被南坪曲子浸润的环境耳濡目染。

南坪曲子不是人,却是家庭的重要成员。

在九寨沟人的生活中,几乎每个家庭,都随时有人在唱南坪曲子。

马四云家也一样。佳乐传承,从她太爷爷那辈儿便开始了,喜怒哀乐,抑扬顿挫,无不与南坪曲子血脉相连。

精巧的南坪琵琶弹奏技艺,马四云是靠自己摸索学会的。自小跟着大人唱南坪曲子,爱好成习惯,习惯成性格。看到大人弹奏美妙的南坪琵琶,她当然心痒,于是抱着琵琶,一个音一个音地去找,对上了,再找下一个。

时日累积,由生至熟,熟而生巧,她便成了南坪曲子的传承人。

通过深入的接触了解到,南坪曲子虽为曲子,其实并不局限于小曲、酸曲,更非带色小调。

南坪曲子有着大戏的文化传承,也讴歌传奇英雄、说唱历史故事、演绎神话传说。如《孟姜女哭长城》《老爷挑袍》《伯牙碎琴》《孔子哭颜回》《相子出家》《杜康造酒》《洛阳桥》……这些都是形而上,且高于生活的内容。

为纾解劳顿的苦涩,增益生活的情趣,南坪曲子更多反映的是生产劳动和社会生活。如《庄稼曲》《摘花椒》《摘葡萄》《男鳏夫》《回娘家》《劝世文》《骨碌子耍钱》……这是人间缭绕的烟火,也是世相缭绕的红尘。

当然,既为民歌,南坪曲子哪能离得开美好的爱情?

> 月儿落西下呀,秋虫叫喳喳呀。
> 想起了情郎小冤家呀,心里乱如麻。
> 秋雨连绵下呀,西风冷透纱呀,
> 痴空台前来占个卦呀,注眼看灯花。
> 取出信签纸呀,提起羊毫笔呀,
> 写封信儿呀带到去呀,先从郎写起。
> 处处心腹事呀,珠泪往下滴呀,
> 记起了情郎我和你呀、并无二心意。
> ……

这是《月儿落西下》的歌词。

据说《月儿落西下》是 700 余行的爱情悲剧叙事诗歌,可与《孔雀东南飞》媲美,流传于四川西南一带,而这首南坪曲子的歌词只是其中几句。

爱情是人类永恒的主题,是人类行为中最能打动内心的一种情感。

《二姑娘》《情歌》《月儿落西下》《送郎》《绣荷包》《女寡妇》《南桥汲水》等南坪曲子,生动地再现了男女爱恋、热烈追求、棒打鸳鸯、生死不渝等悲欢离合的故事。

舛谬不顺,跌宕起伏,情真意切,最易带人入情入境。

而几乎伴着我成长且熟之能唱的《采花》,则是另一种风格,这是抒情小调。

与歌颂无关,与劳动无关,与爱情更无关。

但是这与热爱有关,与感恩有关。

唱天地日月,自然万物。

热爱自己的生活环境,感恩大自然赐予的美丽。

《采花》唱的是盼花、赞花、采花的过程。从花事寂然的一月,到蓓蕾初绽的二月,再到人面桃花相映红的三月……

月历递进,装点生活的鲜艳被一月一月地唱,一朵一朵地赞。

类似的抒情小调还有《木莲花》。

……

以上的分类,是按南坪曲子的内容来分的。

马四云说,从曲调形式上来分,南坪曲子则分两种,音律和内容比较简单的一种曲子,专用来过年耍花灯时演唱,称为花灯曲子，这便是花调。

《采花》《织手巾》《情哥》《绣荷包》《十写》《十劝》《十送》《太阳当顶过》《男鳏夫》《放风筝》《茉莉花》《十现灯》《货郎卖线》《大十二将》《小十二将》《十个字》等都是花调。

《采花》是花调中最著名的一首。

农闲时或年节用来消遣唱的曲子称为背宫曲子，也叫背宫调。一些比较长，有情节，有故事的折子戏，便包含其中。

《皇姑出家》《伯牙碎琴》《老爷挑袍》《进兰房》《尼姑下仙山》《福禄寿喜》《王玉良传》《柳迎春》《挂红灯》等曲目，都比较有名，且源自对历史或传说的加工。

南坪县偏置一隅，交通闭塞，南坪曲子纵然词曲佳尚，清美脱俗，丽雅动人，却限于本地民间自娱性的演唱，并没有扩散开来，呈现出原始和古朴的状态。

这看似是憾事，其实是幸事。

南坪曲子形如丽江纳西古乐，沉静悠远，厚重华润，而又基因纯正，一尘不染。

不过，纳西古乐起源于宫廷，而南坪曲子起源于民间。

这也正好是一个居庙堂之高，一个处江湖之远，都未曾在朝代的更迭中发生本质的改变，从而圆满了传统音乐的纯正传承。

纳西古乐，是丽江当地特有的民族古乐形式，源于中原的佛教和道教丝竹乐，是在明代传入纳西族地区的洞经音乐和皇经音乐的基础上发展演变而成的。乐曲既保留了江南丝竹的清丽韵味，又渗进了纳西族民间乐曲粗犷、豪放的风格，形成了十分独特的格调。

十多年前,我曾欣赏宣科和他的团队演奏的《清河老人》《小白梅》《山坡羊》《万年欢》《水龙吟》《漫五言》《一江风》《柳摇金》《步步娇》《十供养》等纳西古乐,颇为震撼,感慨连连。事后还专门为之写了一篇长文宣介。

这次在九寨沟县罗依乡,现场聆听了刘玉平、马四云等人原汁原味的南坪曲子,同样的震撼、同样的感动再次出现。

南坪曲子是在九寨沟县这片土地上自己生长的吗?

其实,据考证,也是有渊源的。

《老爷挑袍》的唱腔,有点秦腔之韵。而且背宫调的唱腔多用高腔假嗓音,比实际记谱高八度,声调激越高亢又不失柔美细腻,这种风格与陕南的眉户清唱有相似之处。

这是为何?

据说,南坪曲子起源于陕西、甘肃的琵琶弹唱,在清朝雍正、嘉庆年间,随陕、甘移民入川,之后与南坪本地的民乐融合,遂而形成了独具地方特色的南坪曲子。

对此,九寨沟县文史研究专家徐云峰进行了解读:南坪曲子弹唱有300多年的历史,发展的过程分三个阶段:初始为清雍乾时期湖广移民填四川带来了宫调;继而,"庚申之变"后,清同治光绪年间,陕甘移民带来了花调;到了民国初年,优秀的民间艺人又将宫调与花调诸腔融合,形成了而今独具风格的南坪曲子。

之所以这样说,是因为南坪曲子中的花调明显受甘肃花儿的影响。花调抒情,多用花名起兴,衬词多用"花儿红""杨柳青"

等,音韵悠扬妩媚,一唱三叹。

而宫调则叙事,有着固定的曲牌,严谨的韵律、字数。

在九寨沟风景被开发之前,南坪县是因南坪曲子而闻名的。

别小瞧了藏在大山深壑里的南坪曲子,它的成名时间可比九寨沟早多了。

藏在深闺的南坪曲子,被天下传唱的日子始于新中国成立后。

对,最典型的就是那首《盼红军》。

> 正月里采花无花采,
> 采花人盼着红军来。
> 三月里桃花红似海,
> 四月间红军就要来。
> 七月里谷米黄金金,
> 造好了米酒等红军。
> ……

虽然我喜欢文学,但其实并不是一个过目能诵的人。尤其歌曲,往往记忆曲谱的能力远远大于记忆歌词的能力。

先《盼红军》,后《采花》,某一天我听糊涂了,这两首歌怎么韵律一样?

才明白,曲调真的一样,只是填词有异而已。

而旋律的正源便是南坪曲子。

这是传统南坪曲子的一大特点:歌词并不固定,但曲调却是基本固定的。

直到与新时代联姻。

自《采花》被改成《盼红军》后,南坪曲子风靡全国,曾经明星荟萃红极一时的东方歌舞团,还将之作为出国保留节目。

自此,南坪县便有了"民歌之乡"和"琵琶之乡"的美誉。

登堂入室的南坪曲子,渐在原曲牌的基础上填写新词,再加进简单的复调,以女声小合唱的形式出现。

在伴奏上,除了原有的三弦琵琶、家常瓷碟、碰铃之外,又增加了扬琴、二胡等乐器,但仍用南坪方言演唱。

继而,又出现了将南坪曲子原有曲牌稍加修饰和发展,对三弦琵琶的音位加以调整的状况,改后似乎更符合五度相生律。在表演形式上也加进了站立着唱、舞蹈着唱及其他身段手法,使弹唱的总体效果更为丰腴、壮阔。

再后,则出现了以南坪曲子原曲牌为素材创作的琵琶弹唱曲目。在演出时,将原来的七品三弦琵琶改为通常的四弦二十四品琵琶,加进了扬琴、古筝、中阮等弹拨乐器,并用成都方言演唱……

然而,加了这么多元素的南坪曲子,还有清水出芙蓉的本真味道吗?

不得而知。

或者听得多了,不得而已,却仍不甚了了。

直到此次,在六月高原的清朗中,跋山涉水来到九寨沟县,在罗依乡,还有保华乡听到原汁原味的南坪曲子,看到一队队农民轻拢慢捻南坪琵琶,和声高山流水,才蓦然明白,未加调料的原生态绿色音乐,是那么震撼。才了解,不惹尘埃的南坪曲子的丽质天生。

> 正月十五挂红灯,张氏红娘来观灯。
>
> 观了头盏观二盏,一盏一盏看分明。
>
> 头一盏灯什么灯?月明楼里吕洞宾。
>
> 二盏灯是什么灯?二郎赶山在山中。
>
> ……

高天碧野,轻絮流云。

南坪曲子,九寨沟绝响,婉约的琵琶,仙籁的韵律与唱腔,在粗犷高原野性的风中存在。

这对九寨沟人来说,既是一种生活的抚慰,更是一种灵魂的相依。

就跟美丽的九寨沟独称于世的景色一样,茕茕孑立。在一鸣惊人之前,那么默默无闻。

但是,这丝毫不影响其给这片高原土地的焕然,以及柔软的润泽。

高原直射的阳光下,一队队纯朴的农民专注地边弹边唱,那份投入,那份执着,敦厚的情致,一下子让我脑海里浮想联翩,感慨万千。

从历史的深处,一路蹒跚着走来的乐韵,南坪人一代一代繁衍生息战天斗地的伴奏,不离不弃荣辱与共的灵魂伴侣,竟然让思绪往复穿梭于历史的深邃与清浅之间的我,不知不觉中,情难自抑地流下了感动、感念或者感伤的泪。

所幸,南坪曲子经国务院批准,已列入国家级非物质文化遗产名录。

而且,为保护这一绝无仅有的文化遗产,自2009年7月开始,九寨沟县文体局和教育局便联合起来,对当地小学、中学的音乐教师进行培训,让其在传承人的指导下,全面学习南坪曲子各种调式的演唱和琵琶的演奏。又对当地中小学音乐教材进行编撰,内容涉及南坪曲子的起源、特点、分类、演唱内容和技巧等。

九寨沟县还投资150万元,建设了一个南坪曲子传习所。

朗朗居峻,绝尘净心。这无疑是可喜的。

行文至此,我也禁不住哼起了南坪曲子:

> 南坪是个好地方,九寨风光世无双。
> 翠海奇观令人醉,人间仙境胜天堂。
> 南坪是个好地方,林海森森尽苍茫。
> 名贵药材遍山长,桃红梨黄柿子香。
> 南坪是个好地方,世代相传民歌乡。
> 村村寨寨琵琶响,家家户户歌声扬。

九寨重重

刘醒龙

有些地方,离开自己的生活无论有多远,从这里到那里又是何等的水复山重不惊也险,一切十分清晰明了的艰难仿佛都是某种虚拟,只要机遇来了,手头上再重要的事情也会暂时丢在一边不顾不管,任它三七二十一地要了一张机票便扑过去。重回九寨沟便是这样。那天从成都上了飞往九寨沟的飞机后,突然发现左舷窗外就是雪山,一时间忍不住扭头告诉靠右边坐着的同行者,想不到他们也在右边舷窗外看到了高高的雪山,原来我们搭乘的飞机正在一条长长的雪山峡谷中飞行。结束此次行程返回的那天,在那座建在深山峡谷中的机场里等待时,来接我们的波音客机,只要再飞十分钟就可以着陆了,大约就在这座山谷里遇上大风,而被生生地吹回成都双流机场。有太多冰雪堆积得比这条航线还高,有太多原始森林生长在这条航线之上,有太多无法攀缘的旷岭绝壁将这条航线挤压得如此容不得半点闪失。也只有在明白这些以壮观面目出现,其实是万般险恶的东西之后,才会有那种叹为观止。

几年前,曾经有过对九寨山地一天一夜的短暂接触。那一次,从江油古城出发,长途汽车从山尖微亮一直跑到路上漆黑才到达目的地。本以为五月花虽然在成都平原上开得正艳,遥远得都快成为天堂的九寨之上充其量不过是早春。到了之后才发现，在平原与丘陵上开谢了的满山杜鹃，到了深山也是只留下一些残余，没肝没肺地混迹在千百年前的原始森林和次生林中。我看见五月六月的九寨山地里，更为别致的一种花名为裙袂飘飘。我相信七月八月的九寨山地，最为耀眼的一种草会被名为衣冠楚楚。而到了九月十月，九寨山地中长得最为茂密的一定是男男女女逶迤而成的人的密林。

　　我明白，这些怪不得谁，就像我也要来一样。天造地设的这一段情景，简直就是对有限生命的一种抚慰。无论是谁，无论用何种方式来使自身显得貌似强大，甚至是伟大，可死亡总是铁面无私地贫贱如一，从不肯使用哪怕仅仅是半点因人而异的小动作。所以，一旦听信了宛如仙境的传闻，谁个不会在心中生出用有生之年莅临此地的念头？每一个人对九寨沟生出的每一个渴望，莫不是其对真真切切仙境的退而求其次。谁能证明他人心中的不是呢？这是一个自问问天仍然无法求证的难题。千万里风尘仆仆，用尽满身的惊恐劳累疲惫不堪，只是换来几眼风光，领略几番风情，显然不是这个时代的普遍价值观，以及各种价值之间的换算习惯。以仙境而闻名的九寨山地，有太多难以言说的美妙。九寨山地之所以成为仙境，是因为有着与其实实在在的美妙，数量相同质量相等的理想之虚和渴望之幻。

　　九寨沟最大的与众不同，是在你还没有离开它，心里就会生出一种牵挂。这种名为牵挂的感觉，甚至明显比最初希望直抵仙境秘密深处的念头强烈许多。从我行将起程开始，到再次踏上这片曾经让人难以言说的山地,我就在想,有那么多的好去处在等待着自己初探,却要在这么短的时间里重上九寨山地,似这样需要改变自己性情和习惯行为,仅仅因为牵挂是不够的。人生一世,几乎全靠着各种各样的牵挂来维系。其中最为惊心动魄的当数人们最不想见到、又最想见到的命运。明明晓得它有一定之规,总也把握不住。正如明明晓得在命运运行过程中,绝对真实地存在炼狱,却要学那对九寨山地的想象,一定要做到步步生花寸寸祥云滴滴甘露才合乎心意。

牵挂是一种普遍的命运,命运是一项重要的牵挂。与命运这类牵挂相比,牵挂这片山地的理由在哪里?直到由浅至深从淡到浓,用亲手制作的酥油搽一辈子,才能让脸上生出那份金属颜色的酡红,与玉一样的冰雪同辉时,于心里才有了关于这块山地的与美丽最为接近的概念。

再来时已是冬季。严冬将人们亲近仙境的念头冰封起来,而使九寨沟以最大限度的造化,让一向只在心中了然的仙境接近真实。冬季的九寨沟,让人心生一种并非错觉的感觉:一切的美妙,都已达到离极致只有半步之遥的程度。极目去望,找不见的山地奇花异草,透过尘世最纯洁的冰雪开满心扉。穷尽心机,享不了的空谷天籁灵性,穿越如凝脂的彩池通遍脉络。此时此地与彼时此地,相差之大足以使人瞠目。从前见过的山地风景,一下子变渺小了,小小的,丁点儿,不必双手,有两个指头就够了,欠一欠身子从凝固的山崖上摘下一只长长的冰吊儿,再借来一缕雪地阳光,便足以装入早先所见到的全部灿烂。

人生在世所做的一切,后果是什么,会因其过程不同而变化万千,唯有其出发点从来都是由自身来做准备,并且是一心只想留给自己细细享受的。正是捧着这很小很小,却灿烂得极大极大的一只冰吊儿,我才恍然悟出原来天地万物,坚不可摧的一座大山也好,以无形作有形的性情之水也好,也是要听风听雨问寒问暖的。从春到夏再到秋,一片山地无论何等著名,全都与己无关。山地也有山地的命运,只是人所不知罢了。前一次,所见所闻是九寨沟的青春浮华。不管有多少人潮在欢呼涌动,也不管这样的欢呼涌动,会激起多少以数学方式或者几何方式增长的新的人潮。在这里,山地仍然按照既有的轨迹,譬如说,要用冬季的严厉与冷酷,打造与梦幻中的仙境,只有一滴水不同、只有一棵草不同、只有一片羽毛不同的人迹罕至的真实仙境。

　　人与绝美的远离,是因为人类在其进行过程中越来越亲近平庸。能不能这样想,那些所谓最好的季节,其实就是平庸日子的另一种说法。不见洪流滚滚激荡山川的气概,就将可以嬉戏的涓涓细流当成时尚生活的惊喜。不见冰瀑横空万山空绝的气质,便把使人滋润的习习野风当成茶余饭后的欣然。当然,这些不全是选择之误。天地之分,本来就是太多太多的偶然造成的。正如有人觅得机会,进到了众人以为不宜进去的山地,这才从生命的冬季正是生命最美时刻这一道理中,深深地领悟到,山有绝美,水有绝美,树有绝美,风有绝美,在山地的九寨沟,拥有这种种极致的时刻已经属于了冬季。

2007 年 3 月 18 日于武昌东湖

㑇舞与跳大神（外一篇）

格 致

㑇舞与跳大神

说九寨沟是因为里面有九个寨子而得名。我们先后去了勿角、罗依、南坪、陵江、草地，没有时间把九个寨子都走一遍了。仅从去的几个寨子看，每个寨子都有自己独有的风俗和文化。比如勿角是白马藏族，他们有酒曲子、火圈舞、㑇舞，信奉万物有灵；草地乡有登嘎甘㑇（熊猫舞）；南坪有琵琶弹唱，应该是受汉族文化的影响……这里的文化单元小，但内容极其丰富。似乎只有单元小，才能内容丰富。

我生活在大平原上，抬头一望，望出去三十里。村与村子都是鸡犬相闻的。中间没有屏障，没有遮挡，村子里的事也就藏不住。村与村之间的房子、饮食、服饰、语言等基本是相同的。你们村扭大秧歌，我们村也扭大秧歌；你们秋天腌酸菜，我们也腌酸菜……在风俗、文化方面基本是相同的。平原上的风，把一切都搅拌得很均匀，很一致，然后洒了下去。

进英各村的时候，见寨口有棵2000多年的青杠树，树上挂满了红色哈达或红布条。这种景象我怎么那么眼熟？在东北有些年龄的树上也被披红挂绿的。东北和四川九寨沟相隔万水千山,为什么古树的装扮是一样的呢?

随着对寨子了解的深入,我发现了这里和东北乡村更大的相同点:这里的白马藏族,信仰的不是佛教,而是信奉万物有灵。这和我们东北是一致的。万物有灵这种泛神思想在东北是根深蒂固的。这种思想的产生是和环境息息相关的。东北原来是原始森林,大自然是强大的,人口少,人是弱小的。因此,人崇拜自然、信奉万物有灵。九寨沟也是大山、林莽,这里的自然力也是强大的,因此也形成了泛神的自然崇拜。而寨口那棵系满红布的古树,就是这种思想的形象表达。那棵古树就是这个村子的教堂,每一根树枝、每一片叶子,都是白马藏人灵魂的栖息地。

能把东北和白马村寨连接起来的还有伈舞。伈舞是白马藏人传统的祭祀舞蹈。使用木质雕刻绘画的面具。伈舞有十一种动物造型:狮头、牛头、虎头、豹头、熊头、龙头、蛇头、麒麟头、鹤头、竹甘欧(一种春鸟)头、凤凰头,和大鬼小鬼面具各两副组成。这十五个面具为一套。外加一副降魔杵。据九寨沟民间文化丛书《非物质文化遗产名录图典》上介绍:伈舞的舞蹈组合以圈舞的点踏步,穿花的蹉跳步为基本表现形式。舞蹈的基本律动以蹉步、小腿画圈蹲步、左右跳转圈为主,结合粗犷、神秘的上肢动作,栩栩如生地表现了所扮动物的形态……伈舞的整体形式,充分体现了白马人对大自然的崇拜……

在关于伈舞的一系列叙述里,最后一句归结到"栩栩如生地表现了所扮动物的形态,体现了白马人对大自然的崇拜"让我想起东北民间的另一种舞蹈"萨满请神舞蹈",也是民间说的"跳大神"。这两种民间舞蹈的共同之处是:都表现对大自然的崇拜。都模仿动物的动作跳舞。但这两种舞蹈在细微处是有所不同的:东北萨满跳大神,不使用动物面具,并且也不是一开始就模仿动物的动作起舞,而是那种动物的神灵来了,附着在这个大神的身体上,因此他的动作就是那个动物神在舞动。因此,东北跳大神并不是一眼就能看出这是个什么神,而是通过他的动作,神态看出他身上是什么动物神来了,附体了。这两种舞蹈形式相似,最终的目的是不同的:东北的跳大神,是驱鬼治病,并不是节日的喜庆舞蹈。他的舞蹈是演示神灵来附体,并来帮助生病的人驱除邪怪疾病的过程。东北的祭祀活动主要是家萨满唱神词,有家传的神词神曲。祭祀表演主要是表演身体在神力的作用下的特异功能,体现强大的身体能量。而白马藏族的㐱舞,是通过百兽面具来体现百兽和人一起战胜驱除鬼怪的仪式。他不演示神灵的到来过程,只是把面具一戴,这个人就立马变成了那个动物神。感觉㐱舞更简洁了,更直接了。省略掉了一个神来了的过程。但㐱舞与跳大神最大的相同是:人与自然、万物的不可分离,互相依存和帮助。

知青大院

在返程的途中,四川作协的组织者带我们去了一个住所,那里四周都是山,只中间一块平地,里面是一个大院子,大门上书"知青大院"。

很长的两层的房子。院子里还有一台旧的拖拉机。走进知青屋,里面一床、一桌、一柜。小地桌上放着暖水瓶和搪瓷茶缸。上面的字一般是"为人民服务""向雷锋同志学习"等语录。这些东西我都有印象,小的时候,这样的生活用品几乎随处可见。那种写了字的搪瓷茶缸,已经成为那个年代的符号。

我用手机拍下了墙上悬挂的所有当年的知青照片。照片上一般是当年的知青在田间劳动、在打篮球、在弹琴唱歌、在读书,几乎包括了知青生活的所有场所。我在院子里转了一圈,也没有找到知青教书的照片。这里的知青只是来种田的吗?没有为山区的教育事业贡献青春吗?我想这样的照片一定是有的,而且在那个年代,偏僻的乡村是缺乏文化和师资的,知青的到来,为山里的孩子带来了文化和知识。有很多优秀的知青被选派做村里小学的教师。我的小学教育,基本上都是由下乡知青完成的。几十年过去了,我现在还记着她们俩的名字:薛亚茹、许艳华。这两位都做过我的班主任,那时我刚上小学,我是班长或学习委员,平时和老师接触较多。她们的衣着、发型、说话语调都深刻地影响了我。薛亚茹高个子,五号头。肤色白。端庄大气的样子。她那时也就20岁,却从来见不到她玩耍,看不见她大笑,她总是平静地给我们讲课,批改我们的作业。一举一动都稳重、矜持。薛老师是哪年回城的呢?她走的时候,大批知青还没有走。她因各方面都很优秀,提前回城了。接替她的第二位老师,也是知青。她叫许艳华。这位老师圆脸、大眼睛、说话严厉。她个子矮一些,略胖、头发梳成小辫。我还记得她的小辫是那么细,与她圆圆的头脸很不搭配。许老师总是瞪着大眼睛,甩着她的小细辫,时刻看管着我们,好像她一眨眼,我们就会犯错误。

有一位知青男老师,因为他只给我们带过一节体育课,因此没有记住他的名字。但那节体育课我记住了,记了四十年。我的家在松花江边上,冬天大河冻住了,就成了我们的游乐场。知青老师那节体育课先是教我们唱了一首歌,歌的名字我忘记了,但是歌词我记得,我现在还会唱:"夜沉沉、海茫茫,战舰奔驰在领海线上;炮塔旁、静悄悄,甲板上无声响,夜色里只看见,机警的目光……啊——水兵们百倍警惕守海防,百倍警惕守海防。我们在海上巡逻站岗,守卫着祖国的繁荣富强,保卫祖国繁荣富强,嘿嘿——嘿嘿……",这首歌当老师唱到高音部分"水兵们百倍警惕守海防",他唱不上去了,脸就红了,还不好意思地笑了。现在他当时的窘态还那么清晰。唱完了歌,他就带我们去了冻住的大河上。我们可以随便在冰上玩,男生玩冰划子、爬犁等等;女生就玩打出溜坡。知青老师穿上了冰刀,他会滑冰,而且滑得像鸟一样轻盈、迅捷。

我们见老师滑冰,就躺在他的必经之路上企图阻挡他。但是,他总是轻盈地绕过了我们的身体,于是我们爬起来,再躺下阻挡。他不生气,还很高兴。因为我们用一个一个幼小的身体给他的滑冰游戏设置了障碍,他的滑冰轨迹被迫变得变化多端,这样应该比那种畅通的直线或圆圈更有意思吧。

这位会滑冰的体育老师后来参军去了,说是海军。后来我在姐姐的一个本子上看到了一幅铅笔画:大海,一个海军战士站在海边,帽子上的飘带被海风吹得飞起来了。那是个侧影,我看不出这幅画画的是谁,但那一年,只有我的体育老师去当了海军。

九寨沟，文化也生态

牛　放

九寨沟的名气在世界上已经十分响亮了，响亮得我拿起笔试了许多次都没有勇气写她。但是，我每次到九寨沟都被她感动着，想写一篇关于九寨沟的文章已经成了我的心事，像得了相思病一样，整天老惦记着她而不得安生。

第一次听说九寨沟是 1979 年，那时我刚考入成都师范学校。入学的第一个星期，语文老师给我们出了一个作文题目——"可爱的家乡"。按说这样的题目应该是小学生的作业，它是测不出什么水平来的。恰好有位姓陈的同学是从九寨沟来的，他的作文内容正好写的是他家乡九寨沟。因为这位同学多次给大家高谈九寨沟是如何如何好，是怎样怎样美，所以他的这篇作文许多同学都读过。但是谁也没有读出九寨沟的好来，是陈同学的唠叨给我留下了他曾经写过九寨沟这篇作文的印象。

1980 年，我又读到了关于九寨沟的两篇文章。一篇是邓一先生与田树昌先生合写的《童话世界九寨沟》，是四川日报社将选编的 1978 年 8 月至 1979 年年底在《四川日报》副刊"巴山蜀水专栏"发表过的 34 篇文章汇集成册，书名《巴山蜀水》。这是一本没有书号的书,如果用今天的眼光看,应该归入"非法出版物"范围。另一篇则是方赫先生写的《湖光水色九寨沟》,入编《川游漫笔》(四川人民出版社,1980年10月,第62页)。两篇文章有一个共同点,那就是都提到了"伐木"。这里我分别引用两篇文章中的话来说明一下。《童话世界九寨沟》:"1978年10月一个晴朗的下午,九寨林场场部左侧的海子边上,重庆博物馆的一位画家正沉浸在缤纷的湖光山色中。突然,一头大熊猫踏着参天松树下的枯枝,蹒跚下海","近来,省、州、县领导已分别指示或下达文件,要九寨立即停止伐木,大力保护自然风景。翻身农奴和广大林业工人欢欣鼓舞,决心团结一致,把九寨建设得更加美好"。《湖光水色九寨沟》:"你见过这样一张一九七八年的壁历么?上面印着一幅题名《江山多娇》的彩色摄影作品。画面上,雪岭、蓝天、青翠的森林、碧绿的湖泊,林业工人撑着插有红旗的木筏,行进在重重倒影、粼粼波光之中,景色十分美丽","1975年的一个晚上,七八个林业工人在场部开完会,乘车返回,在路上正好遇上去湖边喝水的熊猫","当我们为这里的绝佳风景赞叹不止时,一位工人不无感慨地回忆说,他们刚来这里那阵,羊肠小道的两侧,古木森森,遮天蔽日,景色更为奇特"。我不知道九寨沟是从什么时候起有了伐木工人的,也不知道从什么时候起停止砍伐的,但我知道阿坝州从1955年建立自治州起,到2000年时任国务院总理的朱镕基视察九寨沟,推行"退耕还林"政策,实行"天然林保护工程"止,阿坝州的财政都是"木头财政"。而省、州、县各级都有林业局,我知道的林业局都是砍树的,不是栽树的,在伐木的竞赛中不知砍倒了多少个生态风景区。九寨沟这个"世界自然遗产"，居然是在坚锯利斧的伐木歌声中活下来的，真是太幸运、太不容易了。

　　第一次进入九寨沟是 1985 年 7 月，那时我已经是一个有三周年教龄的小学教师了。暑假里，学校包租了一辆大客车，全校 30 多位老师整体出动，游览九寨沟。那时的九寨沟，朴素得像一位生长在乡村的仙女，虽然不懂得怎样修饰自己，但是透射出的美丽却掩饰不住摄人心魄的光芒。我们在九寨沟县（当时叫南坪县，1998 年 6 月 19 日更名为九寨沟县）文教局找了一位姓张的老师做导游。说是导游，实际他连九寨沟的民间故事也讲不齐全，只能算个带路的人，没有导游，也没有介绍景区的资料，一切都靠我们自己去看，去感觉。那时候每人只需要花上 5 元人民币，就可以乘上自己开来的车辆进入九寨沟。无论是客车、解放牌货车、嘎斯车，还是小轿车、拖拉机、翻斗车都可以随便进入景区。沟里是伐木工人修筑的货车拉木头进出的土路，路陡而狭窄，只能供一辆车单向行驶，上下相向行驶的车辆相遇，有时要倒车好几里路才能够让得出道来。公路却一直通到了"Y"字形的两条岔沟的最高湖泊处，即长海和天鹅海旁边。我们的客车行驶到树正群海刚刚进入视线的地方，老师们不约而同地被眼前的景色惊呆了，大家鸦雀无声，仿佛连自己的心跳也能听见。而所看见的景物，无论是叠水，还是碧潭，都能感觉得到她的冰凉、她的清澈、她的流动，却听不到一点儿声音。树木在水中亭亭玉立，青翠欲滴，她们在浅水里站成一种风度，不是对水的分割，而是对水的理解、对水的阅读。面对九寨沟的水,没有谁能够无动于衷,这是天下最好的水。古语的"曾经沧海难为水",实实的应当是"曾经九寨难为水"。当晚,我们就住在树正寨的农舍里,是那种木结构的"农家乐"似的房舍。房主人不仅给我们煮了藏区的农家饭,还给我们播放了武侠录像片——《护花铃》。晚饭后,大家都亲近水去了,没有几个人留下来看电视,虽然当时武侠录像片十分风靡。第二天继续往沟里走,越往里走,景色越迷人。五花海、诺日朗、珍珠滩……老师们的心情也像这九寨沟的水一样,惊喜地静静地幸福地流淌。可是到了日则招待所,司机说汽油不够,车不能再往前开了。校长明知道司机想让学校给他付小费,却装着不懂,不理会他。车就真的停了下来了,于是我们徒步四五公里走到了天鹅海。这是我们此行九寨沟的最后一处景点,谁也不愿留下遗憾。何况九寨沟的美丽是那样的震撼,在我们心里,没有看见的一定是最好的。

后来,我又有许多机会去过九寨沟,陪作家、陪诗人、陪朋友。印象最深的要算我们《草地》文学杂志社的同人们一起去采风。也是刚到树正,好些人便发出极夸张的唏嘘之声,更多的则是目瞪口呆。散文编辑蓝晓居然哭了起来,开始把我吓了一跳,以为她受了什么委屈,弄明白时她却难为情起来。而其余的人都有想哭的冲动。人有时真奇怪,喜悦到极致,反倒要用伤心的方式才能表达。当我们第二天从沟内返回,走到树正打算乘坐观光车出沟时,康若文琴首先反对,口中不断喃喃"好孬呵!好孬呵!"我告诉他们下次还有机会来,他们说下次归下次,还是坚持要步行。我不忍扫大家的兴,就陪他们一起走路了,待走到沟口时,已经是月上东山了。

我进九寨沟先后不下二十次了,每一次都被感动,而且一次比一次感受更细腻更强烈。以至于我对她不敢说话,因为说什么话都不能形容出她的美妙。好些大作家、大诗人到了九寨沟,也不提笔著文赋诗,我想他们绝不是没有感觉、文思麻木,实在是任何语言面对九寨沟的时候,都显得肤浅而拙劣。水至清则无鱼,景至美则无言。

无论是黄皮肤,棕皮肤,还是白皮肤,一进九寨沟目光被清洗,心灵被沐浴,镜头被锁定的都是水。长海的深邃,珍珠滩的浪花,镜海的静谧,诺日朗的气度,树正群海的磅礴……水的万千风情,千姿百态全都发挥到了极限。水,理所当然成了九寨沟的灵魂。古人说仁者乐山,智者乐水。水的属性是善于变化,状态如瀑布、湖泊、流泉、云雾;色彩如涌雪、蔚蓝、浑浊、清亮;声音如叮咚童谣、交响合唱、寂静如眠。水富于变化的属性揭示着自然睿智的大道,于无形、无色、无声而有形、有色、有声。智者解读的是自然的哲学。由是我断定水是没有灵魂的,这里我无意说水具备欺骗性而贬低水的灵动与美丽,事实上水是极富灵性又天生丽质的自然的女儿,我们应该从她的形态得到关于人性追求的启示。九寨沟的水是水的属性的辞典,任何的条目都能在九寨沟查阅而获得答案。

九寨沟,流泉连接着海子,水从山顶的峡谷铺展到沟口,有的像质地柔滑的洁白丝绸,有的像水彩画上散放着晶莹剔透的蓝色宝石,那么逗惹人的眼睛。九寨沟的水是能洗去心灵尘埃而使人尊重自然的灵物,她的内质远非用清澈、纯净之类的语词所能描述。她被联合国教科文组织界定为"世界自然遗产",足见其珍贵价值。九寨沟的水是自然界中最好的水已成不争的共识。而九寨沟的水除了清纯和绚烂的色彩外,最让人称奇的无疑是她婀娜多姿的形态。也正是她优美动情的形体语言所流露出的自然之音,才使得九寨沟的水大放异彩,独步天下。

透过水的美丽,我们望见了九寨沟古老原始的自然地貌,望见了地壳变迁、冰川剥蚀、岩溶地貌的形成过程,望见了没有水的九寨沟的沟床。天然立体画卷的铺展,九寨沟的沟是画卷着墨的底色,水无形而沟有形。水的万种风情与其说是水的艺术,不如说是沟的追求更为贴切。九寨沟的沟对于水更多的是关爱与呵护。九寨沟的沟含蓄地定位自己的坐标诠释着自然的法则,沟与水的默契就是人类向往的生态。

"童话世界九寨沟"这样的称谓无疑是一个自然生态的概念,所以,来九寨沟旅游的人都说:九寨的自然风光真美!"九寨沟的自然风光好"看起来与九寨沟人似乎无关,风景是天生的,九寨沟人得天独厚,运气不错而已!其实,真正熟悉九寨沟的人便不会有此认识。由于历史和交通的因素,九寨沟人独居一隅,形成了非常独特的民族文化。这种文化与所处的自然环境十分和谐,堪称天人合一。这种独特的民族文化我认为也是生态的。九寨沟的九座寨子居住的藏族人,他们祖祖辈辈都信奉着苯教,苯波教就是俗称的苯教,其本质是信奉万物有灵。对于自然环境的爱惜呵护,苯教应该是最好的宗教。在他们的领地里也就有了神山神树神林神水,凡是沾"神"的都是极端受保护的,绝不容许任何人有丝毫的侵犯,就是当年在九寨沟里伐木的国家森工也不敢冒犯带"神"的草木山地水域。信教的九寨沟藏族人不仅祭祀,还要放生。懂得爱,善与爱是这个民族的天性。比如九寨沟藏族世代相传的防火术:他们将宰杀后牛羊猪等动物的尿泡儿分成两部分,一部分装上水挂在火塘上(九寨沟人的火塘一年四季永远不熄),当家中无人而火塘的火焰超过了预警线时,火焰就会烧透尿泡儿而漏出水来灭火;另一部分则吹胀成气球挂在房屋的过道处,空气干燥时,风吹或过路碰撞便会使尿泡相互摩擦发出很响的声音,从而达到消防预警提示此时空气干燥需要安全用火防火的目的。这种原始又实用的消防文化,可能除了九寨沟的安多藏族外在全世界也是绝无仅有的。

九寨沟的藏族有一种舞蹈叫白熊舞,就是现在说的大熊猫舞。寨子里凡有红白喜事,逢年过节或来了尊贵客人都要跳,世世代代都如此,但究竟从什么时候开始的却无从查考。九寨沟人跳的大熊猫舞2015年还被中央电视台"走遍天下"节目组录制成节目并多次播放。相传,寨子里的先祖猎王晚年时最后一次上山打猎,不幸摔下了悬崖,却被猫王(大熊猫王)所救,临别猫王授猎王以大熊猫舞,并相赠两具猫皮,两王盟约:每六十年便有大熊猫在寨子旁献上两具猫皮供寨子里的猎王子孙做跳大熊猫舞的披挂道具,猎王回寨子后告诫全寨人众,大熊猫是人类的朋友不可猎杀,并世世代代传承大熊猫舞。这个民俗至今如是。

九寨沟有一首著名的民歌全中国都知道，就是《盼红军》，它的原型便是《采花》。《采花》在九寨沟县，无论是藏族安多人、藏族白马人，还是汉族、回族人都能唱，都会唱，都爱唱，这是多民族混居的一种奇特现象，不能简单地用一句民族团结而概括之。从这首九寨沟民歌中可以看出九寨沟人的生态保护意识，可以看出这种呵护自然保护自然的优良传统在九寨沟民族中的根深蒂固。我们来看看采花的歌词：

正月里采花无（呦）花采
二月间采花花（呦）正开

二月间采花花（呦）正开
三月里桃花红（呦）似海

四月间葡萄架（呦）上开
四月间葡萄架（呦）上开

五月间石榴尖（呦）对尖
六月间芍药赛（呦）牡丹

六月间芍药赛（呦）牡丹
七月间谷米造（呦）成酒

八月间闻着桂(呦)花香

八月间闻着桂(呦)花香

九月间菊花怀(呦)里揣

十月间松柏人(呦)人爱

十月间松柏人(呦)人爱

冬月里腊月无(呦)花采

霜打的梅花便(呦)自开

霜打的梅花便(呦)自开

  不能将民歌《采花》歌词中的"采花"理解为"摘花",采花是当地方言看花、赏花的意思。《采花》歌词不仅仅是反映九寨沟人爱美,更因为由爱而生护佑之心,当地各个民族都争相传唱,除了它的旋律优美之外,内容共识也是主要原因。民族之间也不计较民歌隶属于哪个民族,只要是好歌,就没有民族之别。这其实就是爱护自然、呵护自然的本心。

  我作为一个老阿坝人,对九寨沟的情况自然是熟悉的,我知道过去国家森工部门砍伐木材时,无论是九寨沟,还是神仙池,伐木单位与当地老百姓就因为砍与不许砍多次发生争执,甚至九寨沟的大录乡因老百姓多次上访要求森工停止砍伐而不得不考虑群众情绪而提前停止了采伐木材,神仙池风景区最终成了国家森林公园。

近年来九寨沟县又陆续开放了九寨沟外围的诸多风景区，从这些风景区的保护效果看，九寨沟的人民，九寨沟的民风民俗是有重要贡献的。

那么，我们从这些现实中看到了九寨沟的民风民俗，看到了这些独居一隅的各个民族，包括长期生活在这里的汉族人，他们自得其乐，其文化根本是追求的天人合一精神，于是，这些文化又具有了生态的意义。于是我们说，九寨沟人是九寨沟自然山水的守护神，他们的自然生态难道不正是九寨沟民族文化生态的杰作吗！

九寨沟地理位置独特，境内山高谷深，森林茂盛，它与甘肃的文县，高原重镇松潘和草原游牧区域若尔盖接壤，还有著名的古秦蜀交界崖遗址，在历史的变迁中多民族在此聚居并存，民族文化独特而又蔚为壮观。从历史沿革看，这里属于氐羌、藏、汉等民族交汇融合之地，他们在这里长期生息繁衍，既创造了自己民族的历史，也形成了自己民族的文化。你中有我，我中有你，不能完全孤立，也不能单向地解读这里的民族民俗文化，各民族兄弟之间相互学习，又各自保持文化的相对独立，是这一地区的基本形态。

上天把九寨沟的美丽呵护权交给了九寨沟九座藏寨的居民，他们祖祖辈辈日出而作，日落而息，守护着这方美丽。他们信奉着神灵，与世无争，把九寨沟的108个海子串成与佛对话的108颗念珠，天天感念着神灵的赐予，祈祷着平安吉祥。九寨沟是自然的生态，寨子里的居民则是人类的生态。我们这些匆匆过客,对着九寨沟的水初始是茫然无措,尔后领会自然,感悟人生,任九寨蓝浸透我们的思想,纵然是哭泣,也不愿让眼泪掉进那绿莹莹清亮亮的水中。我突然明白,原来,那嘛呢旗幡飘动如歌的九座寨落的藏民,他们的质朴与善良也是世界遗产,他们就是九寨沟水域里悠然游动的鱼儿,理所当然地享受着这一方地球珍贵的山水。

听,你听那白马人的歌喉——

鲍尔吉·原野

近来有课,周一和周二赴两所高校讲课,持续了几个月。有一天,我看台下的学生,忽然怔住了:他们是谁?除了回答他们是人类,是学生,别的说不出什么来。看不出他们的民族,也看不出他们的文化背景。他们被全球化概括了(不止他们,好多人被全球化熏陶得面目模糊)。全球化下面的人没有个性,只有脾气与嗜好。几年前我在新疆见过一位塔吉克农民,他有消瘦紫红的面颊和坚挺的鼻子。他笑起来不止牙齿白,眼白也像雪山一样耀眼。那么,他的相貌刚好贴合他正在讲述的雪山、鹰、野蜜蜂和冰冷刺骨的河流的内容。一眼看去他和别的人完全不一样,塔吉克语言和信仰的模具翻砂了独一无二的他。人的样貌与其说来自父母亲,不如说来自专有的文化。这很好,但这样的人越来越少了。他们的背景被教育抹杀,原本如飞鸟般的孩子们(后来变成了学生们)的思维从幼儿园开始就被教材统一成为凝重的观众。整齐划一是他们最高的美学标准和道德标准,一人等同于全体,全体就是一人,如我所面对的学生。

话说得有点远了,但这不是评说,是惋惜,是在九寨沟的高山深谷里见到白马人之后的感触。

白马人是藏民族的一个支系,他们是生活在藏彝走廊文化融合花园里的五彩斑斓的鸟群,具有鲜明的文化印记。我喜欢少数民族的理由之一是喜欢他们的服饰。每个民族的服饰像语言一样隐藏着他们的历史和气质。白马人的服饰充满想象力。这样的服饰是女性的、活泼的,以及山林的。正如他们相邻的安多藏人与彝族人的服装是男性的、粗砾的,以及土地的。从大的样式说,白马人的服饰是一个池塘,倒映出氐、藏、羌、彝这些莽莽群山的色彩,而后又吸收了移民此地的甘陕汉回民族的刺绣工艺,使他们服装的艳丽超出了需要,增加了许多华美与童稚的格调。他们多着短衣,这是由游牧转为农耕的标志之一。男性服装以白色为基调,女性服饰用黑色打底。而这样的服装上有大量鲜艳的装饰物,成为刺绣作品的堆积。以女性为例:内衣上覆一件短袖紧身衣,再套一件开襟坎肩,她们层层叠叠的袖子与胸衣上色彩泛滥,横幅的刺绣衣片与竖置的绳边令人目不暇接。红色、绿色、蓝色、金色、白色、粉色,她们在色彩使用上没有禁忌,就像我们在热带密林中所看到的色彩缤纷的鸟儿。生物学认为鸟儿绚丽的羽毛是为了生殖的需要。从社会学说,华丽的服饰也是为了吸引异性以及传达财富与门第信息,而白马人用鲜艳服饰赞赏自己的民族,同样在期待爱情。

在多民族杂居的地带,服饰是区别一己与异族的标识。所有民族的服饰(尤其饰物)都寄寓着穿着者对自己民族强烈的爱。

服饰上有什么?有这个民族的图腾、信仰与传说,你可以说,他们正穿着自己民族的百科全书。社会的长治久安是从文化的多样化开始的,越丰富越健康;越多样越稳定。白马人的穿戴还表明他们在没有战乱的环境中幸运地生活了几百年。他们生活在深山老林的边缘地带,躲避了几大民族的刀锋。他们的服饰几乎没有争斗的气息。没有和平,诞生不出这么多服饰上的喜悦。同样,这样的服饰还映射出爱情在他们的生活中的重要位置,民族人口越少,越有增加人口的强烈愿望。这种愿望会由个体的情感生活上升为族群的崇高愿望。那么,爱情在白马人的村寨里比篝火燃烧得更高更旺,虚伪在这里比落叶更为低下。这方面的印证还有白马人的涂墨节与荡秋千游戏。在节日里把脸庞涂黑后载歌载舞,是许多民族的习俗。这必定在夜里,在篝火边,在树林旁,这是缺一不可的三个条件。把脸抹黑,是男女之间隐去身份的匿名的恋爱方式,西方万圣节的化装舞会与此同源。"你"消失了,"我"也消失了,但爱在。如同夜色在,树林也在。而男女一同荡秋千的游戏代表着这个民族的健康心态,被礼教束缚的民族绝不会有这样的嬉戏,连看一眼都不要,因为它会催生而不是抑制爱情。

  白马人是一个温和尚美的族群,但这不等于他们懦弱。当年伏尔加河流域的保加尔人何其强悍,而他们的后人(保加利亚人)葆有爱美的天性,以大霍拉舞和玫瑰节把自己装饰成一个童话民族。白马人不独服饰,从他们的舞蹈里也可看出这个民族的心迹。白马人独有一种登嘎(熊猫)舞。舞者戴熊猫面具,在锣鼓的伴奏下,模仿熊猫吃竹子、喝水、爬树和打滚等动作。一般说,面具舞蹈大多用于驱鬼,面具形象多是猛兽,如龙。而熊猫作为静如处子,动如脱兔的象征,它的憨厚和勇猛切合了白马人和平的天性,这是民族的集体无意识的展露。

在青藏高原的大山深谷里,白马人如同飞翔在林间水边的鸟儿,展示着美丽的羽毛和动听的歌喉,歌唱神明与良善。几乎所有的游客都喜欢白马人,可见有根基的文化即使单纯,也有魅力。可爱的白马人,你们被自己的文化所护佑,又得到外来人羡慕的目光,这不就是你们在歌中反复咏唱的幸福吗?舒伯特曾把莎士比亚的一首诗谱成歌曲,歌名叫《听,你听那云雀的鸣啭》,借用这个句式说一下我接触白马人的感受:听,你听那云雀的鸣啭,那是白马人的歌喉——

芳 邻

王国平

1

说来有趣,我生在四川,忙忙碌碌地走了不少地方,回头望望,才惊讶地发现许多离我很近的地方我居然没有去过,比如峨眉山、亚丁、黄龙、四姑娘山……

比如九寨沟。

犹如一个骄傲的少年,衣白似雪、仗剑远游,希冀邂逅倾国倾城的绝世美女。待他酒醒他乡,疲惫归来,才发现今生今世最美的遇见,不在天涯,就在隔壁。

只手之间,隔壁的芳邻正在醉里挑灯读书,梦中抚琴听水。而自己就像糟蹋美酒,唐突佳人一般,竟然听不见书声,看不见流水,实在是此生最难以原谅的事情,没有之一。

九寨沟就是我的芳邻。

2

汽车沿着岷江河谷上行,蜿蜒曲折的三百六十关之外,便是传说中的九寨沟，作为邻居，仿佛是远了一点。

但是，如果我们愿意把都江堰与九寨沟这两座城市置于广袤的中国地图或者浩遥的世界版图来审视，你会发现，它们的距离是如此之近，近得仿佛只隔着半条田埂或一缕炊烟，仿佛只需在某个黎明或黄昏，推开自家后门，对着那些雪峰、老寨、海子、牛羊、树木和草甸轻轻地唤一声。

九寨沟，便会在对门的格桑花下，以流水的声音应答。

3

2002年12月，我随着寻找"岷江之源"的队伍，用了三天时间，穿过峡谷、海子，茫茫的林海与雪山，我完成了一次对母亲河的探源，也完成了对生命的一次洄游。

那是寒冷的冬天，站在位于松潘与九寨沟交界处的几无水痕的岷江源头——海拔3727米的弓杠岭上，我发觉，上溯岷江的道路无论怎样险峻和崎岖，我们都很容易从那些宽宽窄窄、高高低低的沟渠中走出一条路来，这是一条湿润的、泛着水声的道路。路是没有尽头的，哪怕到了遥远的弓杠岭，路还是路，宽广的路只不过变窄、变小、变细、变崎岖了而已，或许那条路早已下潜或隐入了九寨沟的积雪和泥土之中，但这条路依然在悄悄地继续，在默默地延伸。

在明代徐霞客地理大发现之前，岷江一直作为长江的正流，它的地位和意义至关重要。即使在今天,我们已经清楚地知道,从地理意义上来讲,长江的源头是金沙江。但是,从文化意义上来说,长江的文化源头毫无疑问依然是岷江。

此时,我在弓杠岭上向更高更远处眺望,寒风凛冽、雪山万重,岷江地上的源头清晰可辨。而在厚重积雪之下,岷江源,一定还在九寨沟甚至更加遥远的地方聚拢与流淌。

4

两千多年前,一个叫李冰的人来到了四川。

当时的成都平原还是一片旱涝无常的土地。为了给秦国储备足够的粮食和士兵,也为了农业生产的需要,李冰和他的助手们决定在岷江上修建一座水利工程。

为了确定这样一座水利工程究竟应该修建于何处,李冰继大禹、蚕丛、柏灌、鱼凫、杜宇和鳖灵之后,对岷江进行了一次详尽的考察。尽管那个时代太过久远,尽管史籍记载太过简略。但我依然愿意相信,在这次考察中,李冰沿途朝觐过大禹治水的遗迹,甚至还到过九寨沟那片当时叫作羊峒的土地,和居住在当地的氐羌同胞有过交流。

随后,李冰开始率众在岷江出山口修建都江堰水利工程。据历史学家蒙文通、冉光荣、李绍明等考证,修建都江堰的不只是成都平原的汉人,还有来自岷江河谷的包括汶川、茂县、理县、松潘、南坪等县藏羌同胞。正如灌县就是今天的都江堰市一样,九寨沟正是当年名不见经传的南坪县。

2274年来,都江堰的每一滴江水,都有藏羌同胞的汗水。

5

如果说,此前,都江堰与它的芳邻九寨沟串门的道路只有岷江水路的话。那么,李冰建堰之后开创的茶马古道则为连通都江堰与九寨沟提供了另一种可能。

据说为了感恩当年岷江河谷少数民族对修建都江堰的大力相助,李冰于公元前256年建堰成功之后,又组织人力开发龙溪、娘子岭迳通冉駹的山道,形成了今天的"松茂古道"。如果按时间推算的话,这条古道至少已经穿过了两千多年的苍茫岁月,它很可能是世界上最老的茶马古道之一。

松茂古道全长近700里,始于都江堰,终于松潘。其实历史尘埃掩盖的事实远不是如此简单,作为丝绸之路河南道的重要组成部分,松茂古道的路还在继续,经过松潘后,执着地向九寨沟延伸,远至甘南的临潭、夏河,青海的同仁、贵德,抵达青海湖,西通敦煌和若羌,再由若羌的丝路南道向西通往欧洲;或往北经过高昌向东到达柔然;又或由西宁经过都兰,西北往大小柴旦,越过阿尔金山抵达敦煌……

从此,都江堰与九寨沟有了另一条经济通道与文化走廊。人们用骡马、牦牛从九寨沟运出毛皮、山货、药材……在都江堰市的西街,经过一番讨价还价,运出的货物从骡马背上卸了下来,换作了一包包清香的茶叶、颗粒饱满的粮食、好看的布匹和急需的盐巴。货物被重新放到马背上,人群慢慢散去,人声渐渐遥远,人影缓缓地向九寨沟返回……

两位邻居,就这样在不断交换的物资里品咂乡情,在悠长的古道、西风、瘦马、残阳的意境里穿越时光。

6

说到九寨沟与都江堰这两位蜚声世界的邻居,人们总是不由自主地想到它们最美好与动人的地方:水。

不错,它们都因水而名,九寨沟凭借其自然之水被列入世界自然遗产,都江堰凭借其人文之水被列入世界文化遗产。

九寨沟以前或许属于甸氏道、扶州、松潘厅、南坪营……

都江堰以前或许属于湔氏道、永康军、灌州、灌县……

但是,现在,它们都属于世界。

7

水是最平常的事物,也是最伟大的事物。

水是最温善的事物,也是最凶恶的事物。

一千个人眼里,就有一千种水的姿态、声音和意象。比如杨炼、阿来、余秋雨、刘白羽、周国平、迟子建、沈苇、大解、鲍尔吉·原野、葛水平、毕飞宇、蒋子龙、苏童……在他们的笔下,水所包含的和谐、美感、流畅、渊深、兼容、神秘、坦荡、永恒、浪漫、悠闲得到了极致的展示。

但是,有一位作家却极为难得地将这两位邻居的水之美做了恰当的对比。他就是肖复兴,他在《水念》中说:

都江堰看水,看的是水如何从天上流入人间,如何从神话流入现实,如何将自己化为一种哺育人类、灌溉庄园的生命。

都江堰的水,是一种入世的现实的水。

九寨沟看水,看的是水如何从人间流向天上,如何从现实流向童话,如何将自己化为一种启迪人类、净化心灵的艺术。

九寨沟的水,是一种出世的艺术的水。

8

前往九寨沟,不需要百度领航,亦不需导游介绍。

因为这位芳邻,曾经有许多朋友为我引荐过。比如羊子兄用歌曲《神奇的九寨》为我指引道路,龚学敏兄用诗歌《九寨蓝》为我校正色差,蒋蓝兄用散文《首位进入南坪县的西方人》为我们打捞一百多年前的珍贵影像与如烟往事……

如斯,在旋律中、在文字里、在诗意间,在流水般婉转的梦里,我已经去了九寨沟一次又一次。不为旅游,而是去邻居家串门,轻轻地推开门扉,说一声:嗨,你好!

9

数年前的某个清晨,我从川西坝子深处阡陌交通的水渠里出发,从鸡犬相闻的小道上出发,拨开那些岁岁枯荣的麦苗水稻,踏着那些硌人的碎石与积雪,沿着蜿蜒曲折的河谷上溯,沿着那一行水淋淋的足迹去寻找梦里的通话世界。

关于九寨沟的美,人们可能有一万种体悟。

而我的体悟,只有一个字:慢。

是那种时光缓缓流淌的慢,慢得人都忘了年龄,慢得树都忘了季节,慢得山都忘了高度,慢得水都忘了来路……

亿万年前,地壳运动促使高山为谷,低峡成峰,神奇的九寨也因此形成了今天崇山峻岭、河谷纵横、角峰、刃脊、冰斗、U 字谷十分典型,悬谷、槽谷伸至海拔 2800 米,高原钙化湖群、钙华瀑群和钙化滩流密布的奇特风貌。

九寨沟以它无与伦比的自然风光吸引着海内外的游客来此游览观光。尽管今天我们已经进入了瞬息万变的数字时代,尽管来此的游客脚步不息,行色匆匆,但是九寨沟里的湖泊依然那样不紧不慢地流淌,岁月依然那样悠游自在地更迭,这里的时光甚至可以停下来，打个盹，然后继续散步。

数千年过去，这里的山依然是亿万年前隆起的山，这里的水依然是从旧石器时代流过来的水，这里的方言依然是古氐羌人劳作的歌唱，这里的寨子依然是党项羌弥药支的披项、垂花柱、柱角花、翘屋角和圆洞门，这里的明月依然是朗照过大宋的明月，这里的炊烟依然是明代优雅的炊烟，这里的风俗还是过去的请山神、迎圣水、桑烟，这里的味觉还是素烧如意、雅茶、酸菜面块、奶渣包子、洋芋糍粑、青稞酒……

站在九寨沟的沟口，人流如潮，汹涌而去，你会觉得天地万物皆是匆匆。但是无论时光怎样流转，无论沧海怎样桑田，这片古老的土地，这些古老的寨子，仿佛比流水老得还要缓慢，30年前那一朵含苞的格桑花，仿佛今天才刚刚绽开第一片花瓣，去年老人的一声咳嗽，仿佛现在才传来。

然后，你就会在一缕北周的春风中醉去。

醒来时不过天和二年（567年），而它的邻居都江堰，正在砍枥槎的号子中，将一江春水泻向广袤的成都平原。

云　崩

王威廉

对于美,我们总是无法抗拒,我们情愿忍受漫长而艰辛的旅程。我暗暗想,这才是人之为人的最大奥秘。从成都到九寨,坐了一整天的车,黄昏才至。下车,腿脚发软,但夜幕中深浅不一的黛色山峦让疲惫一扫而空。夜宿九寨县城,我和几位同行好友晚饭后,沿着流经县城的白水江散步。江水两岸霓虹闪烁,让江水反而沉默在阴影中。江水是雪山的冰峰融化而成,高海拔高落差造成湍急的流动,迫使寒气迎面袭来。那是雪山的气息。大口呼吸雪山的气息,肺腑间不仅变得清凉,而且洁净。

我是第二次来九寨沟了。那已是十一年前,大学毕业没几年,特别渴望去远方看看。有天刚刚上班,当时供职的出版社忽然说年度的选题会去九寨沟开,那兴奋的心情至今依然鲜明。犹记得从广州直飞到九寨机场,那儿的海拔是3500米左右,几个同事一下飞机就有了高原反应。随后是漫长的山路,又有几个同事晕车呕吐。从广州的溽热迅疾转换成高原的清爽,我还没能回过神来,但身体已经感到了某种轻盈。我不想说话(语言会破坏感觉),我坐在车的最后一排,静静体会着寂静的山麓。

而这次,之所以全程乘坐大巴,是因为去年九寨沟发生了地震。震中恰好就在景区,因此破坏性一定是不小的。景区内正在进行修补工程,不久前刚刚对外开放,但每天的游客数量控制在两千人以下。要知道,以往景区的高峰人数高达三万。这次有机会前来,正是九寨沟县有关方面希望作家们来看看灾后重建的九寨沟。我怎么能忘记九寨沟那沁入灵魂的美景呢?自然毫不犹豫地赶来。我心里还装着怜惜,就像是前来探望一位刚刚病愈的好友。想起一路驶来,尤其是经过汶川时,大部分的民居都已重建,但是路两侧的山坡依然清晰可见那开裂的伤口。绿色山坡的褶皱处,像被巨斧砍下一般,碎石细沙如血流淌。山的根底,用铁网和混凝土加固,这丑陋的绷带在巨大的伤口面前显得异常脆弱。

九寨沟秀丽的身躯也会布满这样的伤口吗?

想着这些,不由得沿着白水江走了好远。走到了一座很久的也许已经废弃的小游乐场,那是一座两层结构,地面上的弧形建筑还亮着彩灯,地下的建筑锁着门,里边应该是一个旱冰场。我忽然意识到了这是一座县城,也就是说,除了我们这些远道而来的过客,这里还有祖祖辈辈、踏踏实实地生活着的人们。我此前的确没有真切地想到过这点,仿佛这里的一切都是为了他人的观赏而存在。但是不,这里生活着的人们,不是为了他人的观赏,也不是为了观赏,他们只是因为前定,注定生活在此,就像我们定居在我们的地方一样。不过,我旋即又犹疑,真的一样吗?在一个风景如此秀丽的地方和一个拥挤的没有个性的大都市,是一样的吗?肯定不一样。但也有共通的地方吧?生存及其所需要的各种关系与资源,是一样的。不一样的是环境对人的塑造,决定了你是吟唱还是迷茫。

第二天一大早,去了勿角乡英各村。当地的白马藏人点着一堆篝火迎接我们。我们一到来,就被哈达和青稞酒包围。每个人脖颈上挂在白色或黄色的哈达,让这平常的一日成了节日。白马藏族应为古老羌族的一支,然后与藏族混居进而被藏族的宗教和文化所同化。同化的年代应该比较久远了,因为当地还信奉"苯教",是藏族的原始宗教。白马藏人是骁勇善战的。不过,他们倒是很喜爱白色的,男人们头戴白色的羊毛毡帽,上边还插着一根雄鸡的白色尾羽,看上去颇威风凛凛。细看他们的长相让人难忘,男的鼻梁高挺,显得坚毅;女人清秀亲和,仿佛不畏高原阳光的酷烈。

大家手拉着手围着篝火跳舞,随时有人下来,又有人补上去。下来的人随便找块石头、木墩坐着,小姑娘们就端着各种水果让你吃。有樱桃、花生、核桃,原来都是本地所产,极为鲜美。吃着樱桃,抬头望,四周都是葱郁的大山,仿佛天下只有这一处如此平坦。你无处可去。那种集体的热情又由不得你逃离,很快激发出你的激情,让你明白你永远也离不开别人的欢笑。

尽兴之后,白马藏人带我们去村庄参观。从跳舞的山坡平台走下去,没几步路就看见了一棵庞大如巨人的绿树。它不但占据了路口全部的空间,它粗壮的枝杈还伸向天空,伸向山崖止步的远方。村主任说,这是一棵青杠树,活了两千年了。两千年,这个数字让人心中震颤,如果一个人,可以活两千年,如果他见多识广,并且记忆不忘,他一定会被人类的种种苦难压垮。还有欢乐呢? 人类的欢乐,多么短暂,不值一提。

下午在罗依乡。当地朋友很高兴地对我们说,马上就可以看到熊猫舞、听到南坪曲子了。此前我已经了解,熊猫舞是傩戏的一种。当地人崇拜万物有灵,自然也崇拜神秘的熊猫。由两个人变身熊猫,扮演一公一母嬉戏。熊猫外套由羊皮做成(早期直接来自猎杀的熊猫),脸部有些吓人,用以驱邪。好戏很快开始。原以为两只"熊猫"跳舞是很欢乐的,但没想到在笨拙、浑厚乃至苍凉的鼓声下,两只"熊猫"跳出了史诗般的感觉。一只"熊猫"手持白色的牛尾,另一只拿着一束青竹,一举一动,缓慢而有力。他们时而亲昵拥抱,时而分开,就地打滚。这块平地又是夹在看台和一面陡峭的青山之间,视线除了熊猫舞,就只能看向蓝天。的确,从熊猫的立场来说,天地之间,熊猫才是主宰,熊猫舞才是迷醉与审美的核心。人类需要尊重熊猫的立场。

熊猫舞跳罢,两只"熊猫"走到边上,摘下了面目,露出了两颗大汗淋漓的人的脑袋。这是六月夏季的正午时分,我们为这两位"人与熊猫与苍天的沟通者"献上热烈的掌声。

要听南坪曲子了。这种民歌极负盛名。但见八个人跷着二郎腿,抱着琵琶坐在前排,后面站着的四位,一手拿筷子,一手拿小瓷碟。先唱一曲《采花》,有些耳熟,有人说《盼红军》就是改编自这首民歌。原来如此。那琵琶带着野性,一开始就几乎到了高潮。筷子敲打在瓷碟的边沿,发出清脆的声音,让旋律有了强烈的节奏感。"正月里采花无花采,二月间采花花正开……",每一句,都涉及一个月份里盛开的花,如此一直采到十二月。"冬月里腊月无花采,霜打的梅花便自开"。这就是民歌,与土地、劳动和大自然的美息息相关。歌词简单,却朗朗上口,牵扯着你的神经律动。

我是陕西人,又出生在青海,总觉得那唱风里有些甘青宁"花儿"的味道,有时又有些"秦腔"的味道。了解之下,确实发现乡音与耳朵是最难改变、因而也是最敏感的。南坪,便是九寨沟县的原称,1953年才建立南坪县(此前称之为"扶州城"),后来为了更好地发展旅游业,1998年直接以景区之名更改为九寨沟县。从地理和文化的角度来说,这里是四川、青海、甘肃、陕西四省交界地带,因此,汉族、藏族以及羌族等民族得以在此融合。在这个过程中,他们既保持着原有的文化基因,彼此间又有了新的对撞和创新。这块土地上民族的大融合高峰期是在清代,清廷平定当地叛乱之后,鼓励和推动八方移民,各种民间音乐一定就是此时涌入的。地方虽然不同了,但那种歌唱大地与天空的情怀是一样的,我用你的乐器弹奏我的曲子,你用你的曲子歌唱我的段子。然后,一种大家都喜欢的新音乐诞生了。清朝覆亡后,天下大变,革命潮起潮落,人们的目光遗忘了这里,这里也因为崎岖的山路与外界难以联通,因此这种新音乐的曲调和唱腔也保持了百年不变的特点。

这种南坪的三弦琵琶与常见的琵琶不大一样,它追慕女人的身体之美制成,从琴头、琴颈到背板,曲线滑润,精巧高雅,宛如成熟女人的剪影。这才记起,县城白水江的那座桥的造型,原来就是南坪琵琶。看男男女女手持三弦琵琶,手指狂野得近乎随意的拨动,那音乐绵绵不绝倾泻而出,仿佛是将心中所思所想进行了直接转化。心、手、乐器这三者组成了一个新的身体器官。琵琶声不但音量大,而且音质清脆,有着很强的穿透力,可以传播两三里地之远,特别适合这片大山大谷、旷野草原交汇的大地。

夜宿保华乡的悦榕庄。这座酒店建在高高的山顶上,坐在阳台上,看到的是近处山坡的翠绿,以及远山的幽蓝。黄昏时分,我独坐在阳台上,黑暗逐渐从远处天地交接处升起,光亮逐渐从大地上逃走,隐匿在云的后方,等到一切陷入黑暗中时,起风了,如同黑发中隐藏的手指开始了抚摸,然后,一道道闪电闪烁在山头。有大美,也有大惧,山顶的夜晚就是让你体验宇宙的幕布。

冷雨袭来,坚持坐着不动,那是与天地合一的生命欲望。但是,持续下降的温度,终于让你败下阵来,瑟缩着逃进了房间。深夜中,似乎不能深沉入梦,也许是惶恐于这高山之巅上会出现怎样的梦境,你是否可以承受那样的梦境。一个一生都住在山顶的人,是不是离神更近一些?神教会人的第一件事是不是就是敬畏?

早起,山顶成了云的天下,云的涌动对应着心脏的跃动。

可以进景区了。车刚刚开进去,就看到了地震破坏后的伤口。山体滑坡,松树林倒了一片。的确,短短的一年,还不足以恢复它的形态和植被。我不禁觉得,我的第二次前来,是在接受一种教育。关于自然与人文、短暂与永恒、美与残缺的教育。这自然不是教科书式的教育,告诉你一个确定的答案;这种教育只能是一种自我教育，是一种仅仅与自身有关的生命体验，它是无法穷尽的进程，却在不知不觉中改变了我们对于万物的感觉与认识。

走过珍珠滩瀑布、五花海、诺日朗、高瀑布、熊猫海、箭竹海，又走过火花海、树正瀑布、犀牛海，还有很多绝美而不记得名称的景点，美的冲击力一次又一次准确命中你的心灵。身为作家，你遇见了难题：九寨沟的美该如何描述呢？

这里的美确实不同于其他地方。大多地方，我们是可以凭借经验去想象的。比如山有多绿，水有多清，草原有多广阔，大海有多奔腾，但九寨沟之美是在经验之外的。那是难以尽数的元素的神秘组合，然后借助水的无限可能将那种神秘表达出来。这样说，有些抽象，我乐意在这儿分析一下那动人心魄的自然景观。

首先，是山。但这山千变万化，山顶有积雪，山坡有松林，松林以下有各种树木和杂草，而且，这些植物的形态和颜色随着季节的变化而变化。我上次来，正值深秋，因而色彩以金黄为主，有红色与绿色夹杂其中，绚烂如画。这次是盛夏，绿色统治一切，但这绿色并非铁板一块，而是呈现出各种特点（浓淡肥瘦）的绿，令人叹为观止。昨晚落雨，山上便是落雪，虽然阳光明媚，但在某一侧山坡上还能看到松柏的绿色身体承载着一层柔软的白，冬和夏这两个极端的季节在这里竟然同时并存，童话中梦想过的最美山峰，无非如此。

再来看水。都说九寨归来不看水，水是九寨之美的核心。在九寨，水把自身的魔法彻底呈现出来了。水是通透的，因而这水底的斑斓近在眼前，一截黑色的朽木，一条红色的小鱼，犹如悬在半空中，又仿佛被凝成了碧蓝的琥珀；水又是可以吐纳的，再坚硬的物质也能被它溶解和沉淀，因而水在自己的周围制造出了新的物质，那些钙化物滑润闪烁，保留着液体的形态；水还是可以映照的，因而那万千山色又被水纳于自己怀中，与水中的千万颜色交织在一起，无数颜色与形体在一起狂欢，构造出一幅人间幻境；水还可静可动，时而光滑如镜，如丝绸覆盖，时而微风掠过、细鳞叠起，时而奔腾加速，越崖而下，在空中浩荡轰鸣。这周围的风景本就美不胜收，又被这水的魔法反复作用，那美的冲击力怎能不以几何级数增长呢？

我在五花海前站了很久，这面水简直是美的集中营，它如大地的眼睛一般凝视着你那正在凝视它的眼睛。那不仅仅是一种对视，那是灵魂的涣散和聚合，那是人和世界的正面相遇。水的神秘与无形正与生命相似。我想起《庄子》曾谈到水的本质："水之性，不杂则清，莫动则平，郁闭而不流，亦不能清，天德之象也。故曰：纯粹而不杂，静一而不变，淡而无为，动而天行，此养神之道也。"水的运作方式也是生命的运作方式，因而生命被水的美所震撼，这亦是生命体验自身的一种方式。借着水之道，生命也随之模拟而得长生。

在这样的山水中，自我变得渺小。你意识到了，美具有一种令人安静的甚至忧郁的力量。美让人意识到了自己与世界的关系，这是生命的唤醒，也是精神的征服。终于，它要逼迫着你去思考最为古老、最为深邃的哲学问题：究竟什么是美？为什么会有美的存在？你当然知道，迄今对"美"定义最深的人非康德莫属。

美是没有功利的,没有目的的,是愉悦的,是普遍的,是人与人之间可以共通共享的,却还有着"无目的的合目的性"。其他的都好理解,只有"无目的的合目的性"令人大伤脑筋。美是客观存在的,不依赖于你而存在的,但是你能够欣赏美,在对美的形式进行感知和探索的同时,在这个过程中"美的获得"也赋予了你以意义,让你有可能获得真正的自由。

我折服于康德的思辨力,但是我依然对美迷惑不解。美依然是神秘的,如果它客观存在,为什么会存在?如果它只是主观的判断,我们作为人类又依据怎样的本能去判断?本能往往是原始的、有限的,如果本能中含有高贵的审美判断,那么这种高贵从何而来?如果美是主体对世界进行审美的一个过程,那就更加有趣了,荒寒的无机世界和脆弱的生命世界之间,竟然依靠着美而联系在一起,那么生命与非生命真的是那么泾渭分明吗?美简直成了灵魂,成了宗教,成了存在本身。

车驶出了景区,进入又一道山谷,两侧的山峰依旧雄奇。看到一道瀑布从很高的悬崖上倾泻而出,快到地面的时候已经化作了白色的水雾。那是已经接近山顶的地方,需要怎样的力学和地质学才能解释这个奇迹?

车在峡谷中穿行,我听散文家蒋蓝提到首次到达南坪的西方人是谢阁兰。谢阁兰的名气很大,法国人,是诗人,也是探险家。探险中的写作让他的文字极为迷人。他来南坪经历了九死一生的旅程,那些易碎易崩的山体让他们的骡队死伤大半。但他到南坪后,竟然没有发现近在咫尺的风景天堂九寨沟。假如他在那样的艰辛和痛苦中看到了如此美景,应该会欣喜若狂的!我特别喜欢他的诗集《碑》,他不仅像庞德的《诗章》那样利用汉字元素,更充分显示了他对中国文化的想象力。他在名为《一万年》(旁边有中文写着"萬歲"两字)的诗中写道:"任何静止的物体都逃不过岁月的贪婪利齿。持久不属于坚固。永恒不住在你们的墙中,而在你们身上,你们这些缓慢的人,你们这些持久的人。"我们的身上有永恒吗?我们还有那样的缓慢吗?

　　来到一处水草丰茂的开阔之地。翠绿的高山下有河流和树林,空气中散发着石头潮湿后独特的新鲜气息。在这里,我们要吃一顿露天大餐。他们为我们准备了羊,然后就地烧烤。抱歉了,羊,还有这从未有人类打扰的优美之地。几片乌云飘过来,挡住了日头,我们坐在那里,瞬间就感到了湿冷。我觉得,这种湿冷是这里对我们的一种敌意。人要融入野地,首先就要克服这种敌意。可这种敌意要比人想象的残酷得多。这时,一个大铁锅被揭开了盖子,蒸汽腾腾,是羊肚花熬成的汤好了。我虽不吃内脏,但在湿冷之下,还是渴望喝到一口热汤。

　　吃完烧烤,大家百无聊赖地在四周转悠。我站在溪边,捡起石片,在水面上打了几个水漂。忽然,我发现河流对岸的树林深处有一道奇异的阴影。我仔细看了很久,那道阴影一动不动,但我逐渐看清了:那是一匹黑马!我看不清它的眼睛,但我感到它的眼睛是圆睁着的。它抬着头一直看着我,看着我们这些狂欢的人。但是,它是那么安静,像一座雕像。有朋友走过来,我指着那边,朋友也看清楚了:

"哦,那是一匹马。"

他很淡然地说,然后又走远了。我做不到那样的淡然,我是如此痴迷于它,它的安静也让我怀疑它是不是在睡觉?听说马是站着睡觉的。但我觉得它没有睡着,因为它给我一种难以言喻的感觉,那是活着的、醒着的生命与你对峙时才有的。我想起布罗茨基那首写黑马的诗:"他在寻找一位骑手,在我们中间。"我不会是它的骑手。我不敢成为它的骑手。我用力扔过去一粒石子,试图惊扰它,但它依然没有动,沉默地望着我。它的沉默让我不安而惶惑。但我依然着迷于它,我是热爱它的。

归去途中,我在颠簸中睡着了。后又醒来,陷入迷糊的状态。这个时候,我脑海里似乎总是想着一个场景:云山。昨晚在山顶没睡好,一大早起来准备散步。下楼,一出宾馆门,居然看到了那如山一般雄伟的云。以往看到这样恢宏的云山都是在飞机上,透过舷窗看到云的千姿百态,飞机还会钻进大块云朵的肚子里去,光线会瞬间黯淡下来,那云隔着一层玻璃和你挨在一起。但如今,竟然面前就耸立着巨大的云山,没有什么把你们隔开。我往前走去,走到山边,那里有栅栏挡着,我左手扶着栅栏,右手尽力伸向那云山。我要摸到它,感受它。我的手掌感到了潮湿冰凉的风。就在此刻,忽然那高高在上的云山崩塌了,和雪崩一样,那大团大团的乳白色雾气一层层跌落下来,将我淹没。在这云崩之中,我什么也看不清了,但却如同置身在自己的内心风景之中。

我感应到了约翰·缪尔的话:

"原本只是出去散一会儿步,最后却决定在外面等到日落,因为我发现往外走,其实也是往内心去。"

我想更加武断地说:

"要想走到自己的内心深处,你必须向外走,走得足够远,直到遭遇另外的风景。"

2018年7月23日

海子们（四首）

鲁 娟

五花海

五彩斑斓的光
汇聚于此

切割的流金岁月
——返回

当一位少女成为祖母
当一块石头成为圆玉

从浅红到橙黄
从墨绿到深蓝

孕育多少丰满结实的光
才能交相辉映出这样的美

她们别着各自欢喜的名字
等着你远远赶来爱她们

镜　海

前世,一段古老的爱情
藏进了这面古老的镜子
电光火石的烈焰
收入无限安静中

两棵杉树遥遥相望
两只云雀远远呼应
达戈和色嫫仿佛从未来过
漫长如过去了千百世

但,永远是渴望
热烈的无止境的渴望
无论何时呼喊对方的名字
一万股火焰,一万种柔情
顷刻从深不可测的眼底升腾

天鹅海

比梦幻更梦幻

比纯粹更纯粹

比蓝更蓝

哦,孔雀海

空气中时时流淌光的福音

比相思更相思

比抒情更抒情

比美更美

哦,天鹅海

大地上处处奔跑美的影子

老虎海

有风夜夜在林间弹琴

有啸声夜夜淘洗耳朵

林中藏着金黄的虎啊

老态龙钟又活力四射

有时寂静仿佛万物虚空

有时洪亮犹如万钟齐鸣

不等秋风到,这只金黄的虎啊

早已无处可藏

2018 年 7 月 13 日

谢阁兰：首位涉足南坪县的西方人

蒋 蓝

在民国时期出版的汉语文献里，法国东方学者、诗人维克多·萨加伦（Victor Segalen, 1878——1919），一般译为色伽蓝，现在流行译作维克多·谢阁兰。出于西方对"远东的想象"，在大量西方植物学家、地理学家、传教士、探险家已经发表不少对远东中国的发现记、考察记之后，谢阁兰可谓是"后发先至者"。从照片上看，他身材瘦削，目光犀利，蓄着浓黑的八字胡，披着皮毛斗篷，如果再举起一把佩剑的话，他就是游侠佐罗的造型。他具有发现者的一切禀赋，目光在碑刻、石雕、摩崖造像、崖墓里一叹三咏，获得了一种神启。这样一个西方旅人，处在天朝帝国的残山剩水当中，在尚未被西方的植物猎人、探险家涉足的野乡僻壤，一个纯粹的"他者"，迅速找到了东方的慧根，成了一个在东方的石头、森林与绮丽山川里汲取灵感的大诗人，由此也成了穿越"异域感知"而抵达纯美域界的诗人哲学家。

谢阁兰在中国进行过三次考古探险。

1909年8月开始，他以驻华见习译员的身份，与友人奥古斯都·吉尔贝·德·瓦赞一同出行：那是一次由北京到陕西、甘肃、四川的私人考察旅行,后来沿长江返程。1914年,这一次仍然是和瓦赞一起结队之外,谢阁兰携同伴让·拉蒂格(Jean Lartigue)完成了一次官方委派的关于中国古代石刻、造像的考古任务,成果异常丰厚,谢阁兰的《中国西部考古记》《中国考古调查团调查图录》一锤定音,成为西方研究中国石刻艺术谱系里独具诗人灵性的峭拔之作;尽管瓦赞在"探险方面走的是布雷塔特和史蒂文森的路"(谢阁兰语),1913年也出版了他的文学意味浓郁的考察记《中国记》。由于法国一战期间在华广征劳工,1917年他得以旅居南京附近地区,完成了最后一次考察。新近再版的《中国——伟大的雕塑艺术》一书便是这一考古踪迹的文学成果。但人们会看到,中国的雕塑艺术实际贯穿了谢阁兰的全部作品与思想,尤其是杰作《碑》。

谢阁兰在北平、江浙乃至四川石刻的考察行踪多有人记述,但涉及四川康藏的行走踪迹,迄今没有人勾勒。本文专注于他从甘肃省文县碧口镇出发,艰难穿越黑水峡谷,途径岷县、武都县、南坪县、青川县、平武县,再顺夺朴河、涪江漂流至绵阳、江油的过程。

需要注意的是,谢阁兰语境里的"黑水峡谷"所指的区域,绝大部分位于阿坝州境内。《中国书简》(Lettres de Chine,1967),是谢阁兰首次访华期间写给妻子的书信集。写下这些亲密的家书和文字时,他尚是一个名不见经传的文青。谢阁兰《中国书简》的汉译者邹琰,并不十分熟悉陇蜀地缘,出现了诸如把甘肃阶州(武都)译作"节州"、把平武县译作"平芜"、将叙府译作"绥府"、又把峨眉山万年寺误作"万门寺"等错误,这就为厘定谢阁兰的行踪带来了一系列困难。

白水江发源于甘肃、四川两省交界的岷山山脉南段的弓杠岭,由西源白河与北源黑河汇流而成。从九寨沟景区奔腾而出的源源碧水,是白河的一条湍急的支流。黑、白二水于黑河塘(黑河反修桥)汇合后直走东南,再经南坪县(九寨沟县)、甘肃文县,于文县的玉垒关注入白龙江。因此,谢阁兰所指涉的这一区域,包括了四川境内的"白水流域"(南坪县一带)和"黑水流域"(黑河以及腊曲河)。

根据法国当代学者、曾任北京法国文化中心图书馆馆长冯达(Marc Fantana)的研究,我几乎可以判定,谢阁兰、瓦赞是第一批进入南坪县的西方人,也是最早记述南坪县山河景观的西方人。

1909年8月9日,谢阁兰和赞助者奥古斯都·吉尔贝·德·瓦赞离开北京,乘火车至保定,再到古都定州。一行包括6个仆人、4匹马,带了3杆步枪和2把左轮手枪。8月11日,旅行队从定州向西行进。除了马匹之外,还找了10来头骡子替换使用,驮帐篷及厨具之类。另外还有50个左右苦力。至于旅途中的花销,他们随身携带了中国银票和银锭,根据需要,用大剪子将银锭剪成碎银子。

脚夫、骡子、毛驴组成的庞大驮队,似乎并没有减轻洋人的负重。他们一天只能行走60华里,尽管缓慢,但南下的念头不曾改变。这一带秋天景色层林尽染,美妙绝伦,带给谢阁兰的却是无尽的回忆:"像布雷斯特九月的天气,蔚蓝的天空,没有风也没有尘土,色彩不停变化,不停地让人诧异。"谢阁兰查阅地图后,知道路径:"我们一直往下走,直到碧口,就是黑水河谷,黑水河更宽水更黄,色彩对比更强烈。我们追踪成群的鹭和鹤。但有什么用? 它们长着一身又灰又丑的羽毛。我们的厨师想说服我们,鹤在中国叫天鹅,属于食用鹅;他给我们做了一个鹅腿,就像难吃的野猪腿,或是煮得很差的乌龟。我们回报了很多绿脖子的野鸭,它们很美味,就像斑鸠。只是野兔几天来挺少见。"(谢阁兰《中国书简》,上海书店出版社2006年9月第1版,第203页)

　　这说明,他们几乎是依靠沿途打猎来充饥的,让远离尘嚣的康藏动物们,来激发"异域情调论",这看上去的确有点儿古怪,但也合情合理。但对他们而言,危险根本不是饥饿,而是道路上不可预知的失足蹈空。11月21日,谢阁兰写道:"一直附在山谷垂直的山坡上。看上去就不牢靠的石灰渣通道塌陷了。有一次,我听到身后崩塌的声音,及时回头去看'刷子',它落到一个几乎垂直的山沟里,摔下去了十来米;它的蹄子踏到那儿,四肢开始颤抖。至于它的骑士,大马夫,半途中抓住了荆棘,没有受伤。周围的群山无比壮丽,可惜山路不允许我们去看一看这山。首先要看的是马落脚之处。到达的时候,这不断让人头晕目眩的路把我们弄得筋疲力尽。"(谢阁兰《中国书简》,上海书店出版社2006年9月第1版,第204页)

　　"刷子"是谢阁兰对一头骡子的命名。包括谢阁兰的坐骑"很细",在几乎无法插足的危岩与锋利乱石之间左右盘旋,哀鸣不已,这些耐力超强的高原之舟已经不堪重负了,走起路来梦游一般地飘,随时有倒毙的可能。让人感觉到,山峰是山下激流托举起来的,摇摇晃晃,带给人以巨大的晕眩。在危机四伏的空间穿行,诗意何在?!

11月22日,谢阁兰承认,"这是更累更危险的一天;也更迷人"。古栈道早已破烂不堪,木板朽裂,马匹根本无法行走,只能依靠脚夫搬运行李,必须为牲畜蒙上眼罩,再牵着牲畜绕道而行,甚至不得不按住牲畜的每一个蹄子,一点一点挪过险区。花岗岩之上,随处可以见到牲畜蹄子磨砺出来的深坑,牲畜只能小心翼翼踩进去,稍不注意就会扭断脚。这费时费力,大大耽误行程。通过一座破烂不堪的铁索桥之后,谢阁兰竟然信心不减,索性写了一篇篇幅并不短的散文《山道难》。他把冲出山口,看作通向希望的所在,面对不断切割视线的锋利岩石,他认定,冲出山口后,视野将在那里重新获得自由地翱翔。

他的预言似乎实现了。

11月24日,他们终于抵达碧口镇,这是白龙江与白水江的汇合之处。

碧口镇也名碧峪口、碧霞口,位于陇南市文县以东,是白龙江下游,它与通渭县马营镇、永登县红城镇、华亭安口镇并称为"甘肃四大名镇",又因1949年以前,碧口是甘川两省的水陆大码头,商铺林立,而列于甘肃四大名镇之首。碧口镇距文县县城85公里,它南邻四川青川县,白龙江从这里向东拐入四川。碧口海拔624米,与平均海拔在1300多米的甘肃省相比,这里真的算是甘肃的平原区。与它的地理位置一样,碧口是陕甘文化与巴蜀文化的过渡地带,这里的语言、风俗习惯大多与一江之隔的四川相似;反过来看,南坪县的人居、语言、风俗又更倾向于陇属,因而自古就有"碧口不像甘,南坪不像川""碧口不像文县,南坪不像四川"等说法。

谢阁兰描述了碧口镇的景象:"河水变成铅灰色(中文叫黑水),卷起银沙沉积在河岸。之后,沿着极其难行的弯曲山路向上攀登一座山,通到一条非常清澈透明的大河上的桥。这在大比例的英文地图上找不到,我给它取名华水(华是瓦赞的中国姓)。华水既表示华先生的河,又表示鲜花盛开的河流。我们过了河继续走。白水和黑水的汇合处,河边宛如镶了一条明显的绲边。山仍然那么壮丽。最后到达了碧口,白水河的源头。失望!华水就是白水,在英文地图上位置画错了:我们并没发现什么,而瓦赞也失去了用他的名字装饰的河!"

谢阁兰为什么会对白水河的源头失望呢?是不是缺乏流水潺潺的沼泽湿地?我去过甘肃武都县,现在武都成了陇南市的一个区,而陇南市政府就设在武都区。城市就建在山坳平坝,白龙江沿山坳穿城而过,一直流到甘肃最南端的碧口镇,才与白水江汇合,进入四川后汇入嘉陵江。212国道始终伴随白龙江和白水江。水是武都的精灵,大大小小的十几条河流,构成了武都的精怪文化,因而,武都是白龙江臂弯里的娇娃。

谢阁兰一行必须休息了。也许极度的疲惫,反而激发出空前的潜能,人在高海拔的稀薄空气里变得十分亢奋而敏锐。谢阁兰兴致很高,坐下来就开始抄写大量"关于神秘的笔记"。可惜,他没有提及这些笔记的来源。当日,谢阁兰还抽时间写了一篇随笔《杂感》,他意味深长地写道:"孩子身上的异域情调感觉,对孩子来说,异域情调的产生与外部世界的出现是同步的。发展的过程:起初,胳膊够不到的地方都是异域。异域情调在此阶段与'神秘'并无区别……"(《异域情调论》,上海书店出版社,2010年6月版,第263页)显然,谢阁兰所抄写的神秘日记,与这一篇《杂感》异曲同工,从来就宣称自己是神秘主义者的他,惺惺相惜,如同钻进了一个与自己严丝合缝的模具,被某种地缘的神秘气场牢牢锁定了。显然,这一意象来自他对周边的细腻观察,说不定就是门口一个晒太阳的孩子,给了他一种大力。

谢阁兰一再强调,他的《异域情调论》所要表现的"是环境对旅人开口,是异域对异乡人开口。后者闯入前者,惊扰它,唤醒它,令它不安。"(《异域情调论》,上海书店出版社,2010年6月版,第233页)异域情调,就仿佛谢阁兰所崇拜的法国诗人克洛代尔的诗句:"驾漂在液体的天上",这一句可以重击读者头骨的句子,棉花裹黑铁,抵得上贴着高原山肋滚动的空气大坡。

按理说,白龙江在碧口镇至昭化一段,水势平坦,流速较小,十分有利于船只通行。但谢阁兰显然不想顺流而下,他们选择的是西南方向的山路,直抵黑水河谷。也就是说,他们跨越的不仅是不同水系,而且也完成了从文县黑水流域的黑水羌到白水县(在四川青川县一带)的白水羌的横越。

接下来,横亘在他们面前的,是荒无人烟的米仓山高耸的宽大山脊。26日一早,他们出发了。

谢阁兰大体没有说错，他暗示了他们走的是一条经过修凿出来的危险栈道。我们可以复原一下他们的行走路线。

碧口镇以南30公里处，是甘肃南大门的天然屏障，关外是碧口镇李子坝村，毗邻四川省青川县地界。还有悬马关，悬崖绝壁，道径崎岖，是甘肃省通往西川的重要驮帮古道和军事关口！骡帮马队走山王庙、大刀岭，行九道拐栈道，皆为峭壁深渊，马队悬崖单行，因此而名。行人背夫多走山王庙，扶崖往来，涉过七道河，过窑场坪、与骡马古道交汇于洞洞河，由甘入川。

根据出生在九寨沟县的著名诗人龚学敏的回忆，旧时碧口镇到南坪县行走需3天时间：

碧口镇到文县行走一天；

文县到哈兰寨耗时一天；

哈兰寨到南坪县城需一天。

而谢阁兰的日记记录的是，11月26日出发，28日抵达了高山环绕的一个"小小的平原"。

位于悬马关附近的大刀岭巍峨壮丽。1935年4月初，红四方面军第三十军九十师到达文县李子坝附近的悬马关。红军便衣侦察队越过悬马关，深入文县境内20余华里，进至山王庙、窑场坪一带侦察。胡宗南急忙带主力部队从天水赶赴碧口督战，于是双方在九道拐、大刀岭一带展开了激烈战斗……

李子坝是文县碧口镇的村落，素有"世外桃源"之称。从碧口镇去李子坝有两条道路可走。谢阁兰一行走的应该是捷径，从碧口镇附近的碧峰沟进入，爬越深山峡谷，穿行丛林小道，走大约

50公里的崎岖山路,最快也得一天半时间,途中必须在山顶住宿一夜。走这条路要攀越大刀岭,翻过九道拐,爬上鹰嘴山,十分艰险。

"翻过最后一道隔离我们和四川的高耸的山脉,大刀岭。艰难费劲地向上攀登了10—15公里。在这岩石上凿出来的栈道,我们的马匹像人一样前进。深山野岭。最后瞥一眼壮丽的甘肃,它的南方是那么美妙……之后,一道有护墙的门挡住了山口:这是四川看得到的边界。在山谷不可思议的色彩中漫长地往下行。"(《中国书简》,上海书店出版社,2006年9月第1版,第206页)

阴平古道上有古栈道,但谢阁兰一行肯定没有沿此路抵达青川县。经过几十公里折返,他们来到了两省分界点,这里所指的"一道有护墙的门",应该是著名的秦蜀锁钥"柴门关"。柴门关在唐时便是扶州(今四川松潘)入蜀必经要道,出此关为南坪界,关前峭壁上刻有"秦蜀锁钥"四个大字。

谢阁兰的驮队在接近目的地时人困马乏,耗尽了最后的力气,几匹牲畜直接摔下悬崖,直接损坏了不少旅途设备。谢阁兰提到,他们沿着一条有鹅卵石的河流行走。根据我在九寨沟县的考察,从黑水、白水汇合的返修桥以下河道,鹅卵石就很多了。他们向当地村民购买了一头小狍子和几只野鸡,权作充饥。狍子、野鸡之类,至今在九寨沟县山野里仍然有。

谢阁兰没有怨天尤人,他心头涌动的唯一念头是:路越来越难走……越来越美。27日当晚,谢阁兰的日记是:"客栈没有房间了。我们住在两个好心的矮婆婆干净的家里。"

两个"矮婆婆"显然是谢阁兰眼中的实情,而且其家卫生条件不错。可见当地有客栈,只是没有房间而已。而普通人的家庭设施比较洁净,这暗示了这是一个不小的市井之地。

谢阁兰没有写清楚所抵达的地方名称,但他的11月28日的日记提到了很多细节:这一带出现了"小小的平原,四周高山环绕。村庄更多、更富裕。热带植物开始了:南洋杉、香蕉树"。据此判断,"富裕"显然不应该是在文县与青川县境内,因为青川县高寒,也不可能出现这些热带植物,因而无疑是位于现在的九寨沟县的某个村落,因为只有在沟底平坝,湿热而温暖,稻田连片,有可能出现热带植物和香蕉树(也许是芭蕉树)。尽管南洋杉是一种杉树,我以为很可能谢阁兰指的是绿油油的水杉之类。

我认为,他们选择的南行之路,是插入了经过文县、南坪县交接处的铁楼寨科桥村、经倒兑沟直接翻越风雪肆虐的黄土梁到达平武县的老路。但即将抵达夺朴河流域之前,他们再次遇险了。驮队的11头骡子耗尽最后的一点体力,不断坠崖,前赴后继,断肢裂肚,死伤惨重。但谢阁兰没有抛弃这些可怜的动物,死马当成活马医,医治了一番,瞎眼瘸腿的队伍,再次磕磕绊绊上路。

历史上,甘肃文县通往外界的途径主要有六条;而从阴平古道入蜀,必须经过文县碧口镇,从碧口入蜀有三条路线:一条由碧口沿白龙江河谷东南行,至青川白水街到达四川昭化,此为阴平大道;第二条是到白水街后转向西到乔庄,然后经青溪、南坝到达江油,这是从陇入蜀的主要驿道;第三条是由碧口南进,从碧峰沟经白果、茶园翻越摩天岭通往青溪,再经白马关南坝到江油,这条路最为险峻,一直到民国时期还有商旅行走,作为甘南进入四川的捷径,也是陇西走廊进入藏彝走廊的第一站。

根据谢阁兰日记以及其他材料,法国学者冯达明确指出:"从南坪到平武的途中,他们乘小帆船在涨潮的涪江当中顺急流而下……"(《谢阁兰与中国百年》,华东师范大学出版社,2014年3月1版,第9页)南坪县到平武县没有河道可供行舟,中间还有一段险路,犹如最后冲刺遭遇的最大障碍。体力、心力已经趋于消耗殆尽,谢阁兰焦急地写道:"山,还是山。到了4点钟,我们离宿地还有10公里。我们决定停下来等行李。他们深夜到达,从我不知道怎样走的不可思议的路上走来,在一直南下到中坝的涪江河谷峭壁上的道路上走来。天黑了,没有客栈!人家把我们推到另一个大一点的村庄,离这儿5公里远——我们怎样毫无损失地走到的,这是个谜!"

这一段语焉不详的急促狂奔,天昏地暗,体现了他们冲下平武县白马乡山脊抵达夺朴河的急不可耐。就这样,他与谜一样的九寨沟景区交臂而过。而远方,那座屹立在"世界尽头的大都市"——成都,似乎已经荡开了它绮丽的蜀锦。谢阁兰确实感受到了来自东方大地的"巨大震颤",他承认:这一切"就像螺旋桨、飞行器或1500吨的大榔头一样晃动着犹豫着渗入'骨髓'中……"

注:本文所涉及内容仅代表作者个人观点。

我不想说我爱九寨

裘山山

我一直以为,无论多么好的山水,写出来的都不及看到的精彩。所以我从不写游记(哈,也算是为自己写不好开脱吧)。一进入美丽的风景,我总是失语,老实说,我也没看见谁能妙语连珠,或者出口成章。即便是激情澎湃的诗人,也只会在心里默默吟咏着。往往越是美丽的地方,人们的话越少,大都默默地看,深深地看。如果开口,也一定是最简单的词汇:好美啊!真漂亮啊!或者来个粗野的,他妈的太好看了!似乎所有的语言都被山水收了魂,所有的表达都被美丽消了声,只剩下梦幻般的无声的画面。

九寨沟就属于这样的地方。

我去过两次九寨沟。作为一个在四川生活了20多年的人,只去过两次实在不值得夸耀,而且两次之间还隔了10年。但值得一说的是,我去的两次在两个不同的季节,再一个,两次都与作家们同行。

1996年去九寨沟,是夏天。葱绿、碧绿、翠绿、墨绿、深深浅浅的千万种绿,铺成一幅画卷,留在我的脑海里。深潭里的水绿到了黑,树尖上的绿浅到了黄,小溪里的水绿到了蓝。曾经有人问我最喜欢的颜色是什么,我说是绿色。但我又强调说,这个绿,一定不是颜料涂抹出来的绿,而是大自然里的绿。颜料涂抹出来的绿,无论怎样都不会好看。而自然界的绿,无论是麦苗的绿,还是树叶的绿,无论是湖水的绿,还是森林的绿,都让人心醉。

当我们一行十余人走在这千万种绿色中时,我们就成了最普通的游客。本来个个都是吃文字饭的作家或者编辑。但在那个时候,全都失去了看家本领,羞于表达,羞于抒情。反倒因为过于兴奋而像孩子般的打打闹闹,窜来跑去,或者夸张地摆出样子拍照。我想所谓的返璞归真,也该包括这种情形吧。

那次去九寨沟,我只写了一篇小文,还不是赞美山水的,是赞美人的。我在那里遇见了我的一位大学校友,我该叫他师弟。一个中文系毕业的人,竟在九寨沟里当警察,戴副眼镜,文质彬彬,让我很是意外。但更让我意外的是,当我们那辆停在路边的车突然失控,朝山路下滑时,竟是他第一个跳上车扳下手刹,避免了一场事故的。我当时想,难道人一穿上了警察制服,就会有那么大的不同吗?

后来警察同学写了一组关于九寨沟的诗歌给我,我把诗歌发在我们的刊物上,也算是替我表达了一下对九寨沟的赞美。

这一次去九寨沟,是冬天。当组办者告诉我去九寨沟看雪时,我几乎是毫不犹豫地答应了。雪是我童年的情结,而九寨沟的雪,应该是所有人的情结。想象着层层叠叠的山水之上覆盖着洁白的雪安静的雪耀眼的雪,我的心就先在千里之外陶醉了。

这次同行的又是作家,且都是"大作家"。他们中的大多数都是头一回去九寨沟。我确信他们不会失望。同时又猜测：不知他们站在那样的山水面前会是怎样的表情？怎样表达？会不会也和我一样，"无言以对"？

由于有了飞机，我们省略了走进美景的过程，从灰蒙蒙的都市降落到了明澈的仙境中。冬日的九寨沟，就是冬日的九寨沟。虽然雪没有我想象得那么大，山水也没有我想象得那么白。但树上的冰挂，瀑布上的冰凌，小溪里的冰碴，甚至草棵上的残雪，却呈现出另一种我从未见过的美丽，给了我另一种惊喜和满足。我当然知道，和所有的山水一样，九寨沟永远不会让我失望。

再看同行的各位，个个都神情自若，没有任何人发出赞美的感叹。好像来过很多次似的，好像他家就住在这样的美景里似的，表现得平和而镇静，拍照，合影，说说笑笑。没有哪个因为美的出现而失了方寸，个个都像久经美色考验和修炼过的圣人。

其实我知道，他们是因为失去了表达的能力才索性不表达的。无论是男作家，还是女作家，无论是写诗的，还是写实的，都在那一刻变得笨拙而词穷了，他们需要镇静，需要时间反刍。呵呵，我是"过来人"啊。在九寨沟，你最好做个哑巴。谁要是在那会儿搜肠刮肚地找词儿去赞美，证明自己喜欢九寨、爱九寨，谁就是傻瓜了。但是等这些人回去后，等九寨沟的风景像底片一样在脑海里重新显影后，他们就会按捺不住拿起笔来，或者滴滴答答地敲打起键盘来，让曾经凝固的思绪如泉水般涌出。

不信，就看看他们的文章吧。

每每看到赞美九寨沟的文章，我都会扬扬得意。虽然我不是九寨沟的人，甚至不是阿坝州的人，更甚至不是四川人，却很自觉自愿地为九寨沟感到自豪和骄傲。而且我知道无论什么时候，那方山水都在那里等着我。若有一天我感到自己开始自作聪明了，我就再到它的面前去站着，让自己重新变得木讷和老实。

这样一想，就盼着这么一天了。

2006年2月于成都北校场

九寨,安放梦想的地方

葛水平

英各白马古寨

尽管雾气已经漫不经心地飘荡过大地营造的沟沟坡坡,但收入眼帘的依然是饱经风雨的苍翠。从沟底一直漫到山凹深处的白马古寨,不被外界青睐的寨子里,白马藏族的歌声扑面而来。

一匹纯白色的马被拴在一棵沙枣树上,抖鬃跺蹄。透过门缝,看见黄铜茶壶和银碗被主妇擦得锃亮,一位霜鬓慈颜的阿奶招手让我进去,而此时寨子的广场上,酒香、奶茶香,笑声、歌声、白马藏族的原始舞蹈——白马仴舞正伴随篝火和音乐舞起。这是一个比说话还容易快乐的民族,纵情欢笑时眉眼生动。白马人的舞蹈深沉原始、古朴风貌。

白马仴舞是他们最喜欢跳的一种集体舞,鼓钹铜号、面具彩裙,各种奇怪的禽兽动作,伴随着浑厚的鼓号声,我油然而生一种穿越时空回归本原的震撼。

白马藏族传说是藏兵的后代,在与诸葛亮打仗失败后,一部分就逃到了世外桃源般的九寨沟附近的岷山山脉的崇山峻岭中,过着自己的生活。

关于氐族的起源,主要有两说,一说氐、羌同源而异;另一说,氐、羌自古关系密切,然而从来都是两个不同民族。专家考证,古代神话中的"刑天",为仇池山白马氐族的祖先。

刑天是《山海经》里提到的一位无头巨人,原是炎帝的手下。自炎帝在阪泉之战被黄帝打败之后,刑天便跟随在炎帝身边,定居南方。

一个民族记载着一部历史,远古神话,生活习惯,都是各民族的宝贵财富,这些都是美好的回忆。氐族的历史还在延续,浪花淘尽无数英雄。在西晋帝国内乱不断的历史背景下,总会造就很多氐族英雄,白马人从历史的细语中,找到了大海的声音。

记忆之门尚未开启时,文字的呈现与存在的重要性,真是让后来者感慨万千。

从白马藏族的布局分布看,吐蕃军到此后自称"贝玛"即藏军人,当地汉族和其他民族都跟随称"贝玛",随着唐蕃关系融洽,文成公主与藏王松赞干布和亲,藏族和汉族的频繁交往,由于当时藏族口语和汉族汉字写法不准造成了误差,于是就有今天的"白马"。

白马藏族不信佛教而信奉原始苯教,长在神山上的树都是神树,这些树的地位是至高无上的,是绝对不可侵犯的,如果有人胆敢砍了这里的树,会遭到全寨人的唾弃。

寨子里的古树东西南北中都可看见,祝福和许愿的哈达挂在树枝上,游人和树合照,祈愿平安。

有人邀请白马藏族的女子穿着绚丽奇特服饰照相,她们积极配合,笑容纯净。

在中华诸民族中,只有白马人有这类独特的打扮。他们男女皆编发,一年四季均头戴盘形圆顶荷叶边的白色毡帽,上插白色鸡尾羽,在风吹或走动中,摇曳招展,分外引人注目。男子在毡帽上插一枝挺直的白鸡毛,表示勇敢、刚直;女子则插二至三枝,寓意纯洁、温柔。

白马藏族承受着季节的轮回与气候的变化,并在这种无言的承受中掌握了把风雨和冰霜转化为养料的本领,与九寨沟自然山水相比,白马人已是九寨沟独特的风景。

依然能听到潮汐推水之声

诺日朗瀑布,曾经它宽阔的水面上,百余种水鸟戏飞,生机和活力让走近它的人惊艳。

地震之后瀑布断流。谁能阻挡来自自然的力量?

早晨,霞光刺破云层,走过诺日朗瀑布时,我看见有水流下,潮汐推水之声,在空旷中跌宕而来。自在的诺日朗沉默地自在着自己,也许它触动了某个诗人的神经,会想起它曾经犹如烈马失驯、生命奔腾的韵律。

诺日朗,九寨沟三条沟交汇处的标志性景点,是中国大型钙化瀑布之一,也是中国最宽的瀑布。藏语中诺日朗是伟岸高大的意思,诺日朗瀑布意思就是雄伟壮观的瀑布。

"远离俗世恋山幽,飞瀑如帘一望收。心似滔滔千丈水,只存清澈不存愁。"

在视野可以无遮无拦地投到很远的地方,诺日朗瀑布飞扬四溅的浪花,在天空的大幕上,犹如穿越一条白云浮雕的长廊。

或许是上天的眷顾,地震之后形成的双龙海瀑布如同夜幕下瞥见的丽日天光。自然总是充满了神秘感,充满了不确定性的新奇,在虹下的空冥中,双龙海瀑布犹如十万匹马蹄飞奔而来。

在大多数的说法里,游览九寨沟就是看水。翠海、叠瀑、彩林、雪峰、藏情、蓝冰,被誉为九寨六绝的奇景。

水,是这个世界上最好的!

九寨是山水的天堂。水是九寨的韵。行走在九寨的栈道上,阳光从林木缝隙中透出来一缕光,给蓝色的水一条黄色的霞晖,我从来没有见到过水中倒下的树,它在水中有几分稚气,形态变幻又有了几分窈窕柔曼,山上的树倒映下来,水中便有了宁静的墨色的树影,那梦幻般的幽蓝、青黛和亮黄,让我看到了九寨一个温润的梦境。

走进九寨的水中,走入世界上尚未被发现的天地中。我想,九寨让所有人忘记了尘世的一切,想被她融化,因为,这是我见到的世界上最纯粹的水,她就像神佑一般生长在九寨,她在被时间慢慢唤醒的同时,我是多么希望她永远保持这么一种幽蓝静止的情态。

六月,总想着有一场雪来,雪是天空盛开的花朵。

这尘世上没有什么能比雪更静寂,更光洁而美丽。我看不到雪,却看到了飞溅出的水花,它栖在水的飞落处如一群雪白透亮的高原蝴蝶,水显形为冰,结出来的冰花却是蓝色的。美丽的东西总是让人蜂拥而至,前后左右正拍斜照,选角度取亮点,怎么也理想不起来。天放了晴,给山水增了彩,在如此美丽的景色下,人就不是雅物了,人在得其九寨的方圆上,唯一能讲究的就一个字:"真",在九寨沟景色的衬托下,人的真实和景物的真实一比较,人就相形见绌了。

我一直想不出九寨有一场雪来会是一种什么样的颜色。后来我想到了,九寨冬日的颜色是一种提香色。它是早晨的阳光和午后的阳光调配出来的,颇具生命炫耀的颜色。这样的颜色只在九寨,它洁净无尘。

北方的阳光是有味道的,颗粒的味道,秋天的时候是苞谷的味道,冬天的时候是煤的味道,煤在北方的冬日被一种神秘的力量托举着,像阳光一样金黄,一样温暖,但是,煤让北方的水没有了水的味道。北方的水已经没有昨日了,没有了自然的荒原,没有了共生的朋友,尽管山的脚下还闪耀着水绚丽的光泽,但谁都清楚它已经是季节性的流动了。

生命和自然是一环套一环的,假设,我们犹如蚍蜉,朝生夕死,抢着树上落下的一粒露珠,不去顾惜旁的生命,但是,想过没有,自然的生命就是我们的生命啊,一个无水的人类能走多远!

九寨的提香色让物种绚亮,沟壑之上,山峦之下,记录了地球的沧桑巨变和人类生命的进化历程。她除了古老沧桑的孑遗植物外,还拥有无比丰富的物种资源。众多的生物体用无数个世纪的生存时光、自然营造出了生命与环境高度协调的空间,在无数个体的枯荣生死之间,于九寨这方奇山圣水横呈出了奇迹,活着能看到这样的山水,已经足矣!

返程的路上果然遇见了一场六月雪,电话那头的友人说:"九寨的山水可以疗伤。"

我低头看,我的手掌心正托着一捧雪,我把她化入我的心里,哦,生命如此宝贵,幸福——还有水的香气!

九寨,是安放梦想的地方。

神灵栖居的大树

曾 皓

在九寨沟县勿角乡英各村,白马藏族老乡表演完具有民族风情的锅庄舞后,村主任将我们引到寨子旁边一棵挂满哈达的大树前,郑重地向来此采风的作家们介绍了这棵护佑整个寨子吉祥安康的神树。

这是一棵青杠树。青杠树又名槲树、橡子树。我本来就是四川人,只是寄居京城多年,在城市从没见过这样的树。而在我老家川东北大巴山,这是一种常见的树,硬如坚铁,印象中,只见到过碗口粗的青杠树。在我少年时代,家乡为发展经济,砍了大量的青杠树,在它上面打满了眼,灌上菌种,然后浇水,等它慢慢结出木耳。而眼前这棵青杠树,却生得威武高大,最粗壮的部分,至少要三个人展开手臂才能合围过来。

这样巨大的青杠树,我还是第一次见到。我们问村主任,这棵神树树龄大概多少。村主任也说不出准确的数字,只告诉我们,他爷爷的爷爷在的时候,这棵神树就已经在他们口口相传的故事中存在。村主任现在60多岁的样子,从他的爷爷再向前追溯三代,即使能推测出古人在世的准确时间,大概也难说清这棵神树具体长于何年。后来我查找资料的时候,在网上搜到一条消息,称至今发现最早的青杠树(槲树)树龄433年,位于河南省洛阳市嵩县纸房乡青杠平村,被列为国家二级保护古树。但是通过图片对比,号称最早的青杠树与勿角乡英各村的这棵神树相比,形态上小了许多。当然,比较谁的树龄最古老可能毫无意义,重要的是,对勿角乡英各村的白马藏族老乡来说,这棵神树是寨子里的守护神,它知晓寨子里每个人的心事,也体察寨子里每个人的秘密,用有求必应来褒奖那些勤劳善良的人。村主任说,每逢喜事,寨子里的人都会来到树前祈福还愿。而遇到不顺心的事,寨子里的人还要在树前做隆重的法事,许下心愿,祈求神树保佑。神树在寨子里有着至高无上的地位,凡是对神树不敬的人,不光会受到神树的诅咒,还会受到寨子里其他人的责罚。神树在这里,是神的直接体现,它不光是庇护者,也是仲裁者,维护着由神的旨意创建的一套伦理秩序。

对树的敬畏与崇拜,这对我并不陌生。我记得小时候,在我们川东北大巴山一带的农村地区,为了家里的孩子能顺利长大,一般会给孩子请一棵树做"干爷",也就是干爹的意思。由请来的道士将孩子的生辰八字写在一张黄纸上,做完法事后再将孩子的生辰八字系在选好的树上。从此这棵树就与对应的孩子有了联系,树帮助孩子承担成长过程的苦厄,孩子借助树强大的生命力长大成人。

来自川东北大巴山的民间经验并不是出自巫术文化,而是土生土长的道教赋予了这一棵棵树超自然的神奇力量和强大寓意。神树的形象，在我国众多道观遗存中随处可见，神树也成为道教文化中代表长生不老的标志符号之一。九寨沟地区白马藏族人对树的敬畏与崇拜，同样源于其信仰的本土宗教——苯教文化的影响，崇奉天地山林水泽等自然的神鬼精灵，相信万物有灵。这一点与中国道教文化有相似之处，它们之间，随着人口的迁徙与融合，是否有文化上的借鉴与交汇，尚待考证。

在我国漫长的文化长河中，不管是古代文化典籍，还是民间传说，有关对神树的记载比比皆是。比如《山海经》就记载很多关于神树的传说，其中比较有代表性的是东方的扶桑、中央的建木和西方的若木。而三星堆出土的通天神树，则将先民们对树的崇拜推向一个极致。学者们通过比较研究，认为三星堆的神树综合了扶桑、建木、若木的特点和神奇功能，是这三棵神树的复合体，成为古蜀人心目中沟通天地、连接人神的"登天之梯"。

而在"吴刚伐桂"的神话故事中，吴刚所伐的桂树，不管他怎么卖力地砍，那棵桂树具有神奇的愈合能力，砍出刀口之后又重新长好。吴刚始终无法砍倒那棵树，砍树这一行为本身就变成了对吴刚的惩罚。还有大家耳熟能详的《三国演义》，在第七十八回，书中说曹操见到关羽的首级后受到惊吓，每夜合眼便见关公。下人认为旧宫多妖，建议修新宫殿居住。在建新宫殿的时候，缺少一根栋梁之材，命人去砍跃龙潭旁的一棵"亭亭如华盖，直侵云汉"的大梨树。想不到这棵树用锯锯不开，用斧头砍也砍不动，一时无法下手。曹操听说后不信邪，亲自带人前往，在叫下人准备砍树的时候，乡下一群老者前来劝阻，说这棵树已经几百年了,听说常有神仙住在树上,不能砍。曹操大怒,说我闯荡天下四十余年,上到皇帝下到普通老百姓,没有人不怕我,不管树上住的是什么妖和神,都不能违背我的意愿。说完拔出佩剑朝树砍去,树发出硬邦邦的响声,并溅了曹操满身的血。吓得曹操扔下剑就跑了,回到宫内,晚上曹操怎么也睡不着,坐于殿中休息的时候,忽然看到一个人身穿皂衣,披发仗剑,朝曹操冲过来,指着他的鼻子骂道,我是梨树之神,你盖宫殿,本来就是大逆不道图谋篡位的行为,现在又想来砍我这棵神树,我知道你阳寿已尽,专门前来杀你。曹操吓得急忙喊卫士,可皂衣人的剑已朝脑袋砍过来,曹操大叫一声,惊醒过来,发现只是一个噩梦,但脑袋却疼得无法忍受,从此遍寻良医,始终无法治好,曹操最终也因头疼难忍而死。

三国故事中的梨树之神与勿角乡英各村的青杠神树有异曲同工之妙,它们除了护佑一方之外,还会惩恶扬善。榛莽生于乡野的神话在这里,与儒家文化的善恶观产生了奇妙的融合,由此完成了神话再造的过程。

让我感到有意思的是,除了我们的本土文化有对神树的崇拜以外,属外来文化的佛教同样有类似的记载。佛教虽然反对偶像崇拜,但佛祖释迦牟尼在菩提树下得道成佛,又在菩提树下涅槃升天,菩提树也因此成为佛门弟子心中的圣树。而在佛教的发源地印度,其中的印度教认为菩提树是神仙们居住的地方,毗湿奴和妻子拉克希米女神在每月初一的那个黑夜就居住在菩提树上。毗湿奴住在树根,拉克希米住在树干,纳拉扬住在树枝,哈里王住在树叶,而所有的神都住在菩提树的果实里,菩提树成了众神的栖居地。

而在世界其他地区,人类生存的共同经验产生的对"神树"的崇拜具有高度的相似性。这源于那时的大地和山川,是绵延不见头的森林,人类对世界的想象和探索是从身边的森林开始的。英国著名人类学家J.C.弗雷泽在其代表作《金枝》里详细论述了早期欧洲各氏族对树神的崇拜,一部雅利安人的宗教史,树神崇拜占据着最重要的位置。古代凯尔特人的督伊德祭司供奉的就是橡树之神,古希腊和意大利崇拜树神的现象不仅非常普遍,而且还严禁砍伐柏树,违者罚款。古代日耳曼法律对伤害树的行为做出了令人咋舌的规定,也就是以命偿命。立陶宛人直到14世纪末皈依基督教之前,一直崇奉的是树神。在漫长的历史时期,他们一直认为树木是有生命的精灵,能给人们带来风调雨顺、庄稼丰收、六畜兴旺、妇女多子等好运。

由此,一棵棵"神树"慢慢向我们敞开了全部秘密:不同地区、不同语言文化之间,基于人类生存的共同经验,在呈现其自身独特性的同时,也呈现出可供阐释的共通性,构成了不同文化与文明之间高度紧密的内在联系。也由此让我们思索当下众多人都在思考的一个问题,在保持自身文化独特性的同时,如何跨地区甚至进行跨文化的交流与展示?我想,不管是三星堆出土的通天神树,还是九寨沟勿角乡英各村仍在生长的神树,世界各地早已存在的无数棵神灵栖居的大树,已经给我们提供了答案。

行 愿

熊 莺

去九寨沟,仿佛人人都有所愿。

2017年8月8日,九寨沟县遭遇7.0级地震,震中距离九寨沟核心景区,仅5公里。景区被迫关闭。九寨沟县由漳扎、保华、勿角等17个乡镇组成,景区位于漳扎镇。震后,九寨沟人从瓦砾中站起身,掸去衫上尘土,开始拾掇坝子,打扫扬尘,屋子里那些封存的民间乐器——三弦琵琶、瓷碟、碰铃、锣鼓、喇叭,一一擦拭;古老的木制图腾面具,狮、虎、牛、熊、龙、麒麟、豹、蛇等,还有熊猫,一一"请"出来。

另一扇大门,九寨沟人在这一片山河大地的同一山域之中,为世人徐徐启开。

九寨沟县旧名南坪县,濒临失传的"南坪小调",他们唱了起来。流传于此的这种民间曲子,昔日劳作之余,皓月当空,庭前树下,火边塘旁,他们弹琵琶敲瓷碟打碰铃,自娱自乐,今日,他们于自家的农舍前,怡然弹唱给客人听。

有着800年历史的祭祀舞蹈——㑇舞,狮、虎、牛、熊等十余种图腾面具,每一种图腾,有一名舞者,有一支舞。昔日,每年大年初三开始,男子们头戴各色面具,着古装,于锣鼓喇叭声中,亦歌亦舞,敬山神、敬水神、敬天地万物。如今,他们牵过客人们的手,一起舞蹈。

相传妖魔鬼怪惧怕"熊神",昔日,每年新春,田间地头,村人头戴熊猫面具,走百兽步,手拿木棍长矛,于锣鼓声中跳跃前行,以驱邪,如今,这舞蹈更像一场沟里人迎客的开张锣鼓。

那日,于九寨县的勿角乡,佲舞的欢声,让村庄"神树"上的满树祈愿红条,兀自飞舞。村中最年长的一株"神树",树龄已2000多岁。于罗依乡,我们观熊猫舞。于保华乡一户农舍,我们听南坪小调,93岁高龄的陈爷爷坐于人群中的第二排敲瓷碟,他比所有人敲得娴熟开心。当地人说,老人如叶落般辞世,可惜"背宫调",如关云长过五关斩六将的《老爷挑袍》等,已无法听到。而在保华乡的那座山中,我们看到了与这些"非遗"文明截然不同的景象,世上海拔最高的高尔夫球场,云影,于天之涯无边平整的草坪上,缓缓行走。一旁,一座六星级的新建酒店,闳然若梦。

***

准备行李时,我将母亲的一张照片夹于书中。母亲生前没有去过九寨沟,我要携母同行。

这些山色,十余年前,我曾去"见"过,采访金庸老先生的缘故。那日,金先生已然睡下,得知邵逸夫先生也宿于此,先生起身更衣,一支手杖,立于邵先生门前叩门。

景区景点分布如一个"Y"字,一条通往原始森林,观镜海、珍珠滩瀑布、五花海、熊猫海、箭竹海瀑布、箭竹海;另一条通长海,赏火花海、诺日朗瀑布、上下季节海、五彩池等。那年随金先生乘车去了哪里,已不记得,观景台上,山岚满目,人如坠云雾。那时我们所住的九寨天堂,据说去年地震,也损失不小。

今天的九寨沟景区,半日开放,上午限量接待观光客,下午封闭施工。景区前的入口处,游人隔离栏杆,阒寂伫立,景区内的公路,单边放行。路肩上,堆着从地下挖出的泥土。车与车相错,司机们远远扬手避让。

此一行,我们被安排走"长海"一线。2017年地震,山体垮塌,据说好些公路直接滑到"池"里,于是沿线所见,正在修复中的火花海,池底露出化石模样的寂静山石。同在修复中的诺日朗瀑布,局部垮塌断流后的山体,几道泪痕似的旧迹。长海依旧美,五彩池依旧美,山色依旧美。

1970年,中科院成都分院生物所的印开蒲先生赴南坪县考查,偶入九寨沟,抵达卧龙海一带时,犹陷仙境,"我感到窒息和震惊,我看见沉没在水中的钙化长堤和树木,甚至产生幻觉,心想,水里会不会真有恐龙和湖怪出现""古地质时代,这里曾一派汪洋……"他不止一次讲。所有九寨沟的美,我能不能理解为,它不过是一次次地壳运动,山崩地裂之后,山河大地的一处处"伤痕",抑或"尸骨""坟茔"。

所有的死都不是真正的亡,包含人类。2017年地震后沟里新诞下一个景点:双龙海瀑布,作家们于瀑布前留影,我于一隅,取出母亲的照片放在身旁,如同梦中她与我并排而坐,去旅行。我翻开手中典籍,为母亲默默持诵《行愿品》……

***

从九寨沟回来,并不是急于与人分享,那日老师把电脑转过来,我拍到的,他说。

一株黄花杓兰。嫩芽样,轻轻地、透明着。蹒跚学步小鸭的黄,刚出清水的仔姜芽的黄,椭圆形的花瓣,孩子似背过小手,又如小鸟临渊饮水的样子向身后凌空振起翅膀。"鸟"嘴下,深潭一般,一只圆鼓鼓花囊。黄花杓兰,约 100 年前,英国人亨利·威尔逊跋山涉水来到中国,为了这一株兰,他夜宿过用页岩石片垒成的客栈。客栈没有门、没有窗、没有烟囱,木板的屋顶用石头压紧。他在《中国——园林之母》中记,"即使是正午,也要用蜡烛照明"。最让这位植物学家难以忍受的是,众多的蚊子、跳蚤、虱子、臭虫,按季节出现。

此兰,不事人间繁华,匿身海拔 1800—3450 米的林缘、灌木丛、草地,那些多石湿润之地。威尔逊当年于九寨沟比邻的今黄龙风景区,拍到了它。在另外一本书《威尔逊在阿坝》中,我看到了这株来自中国的娇柔的兰,郁郁葱葱的盆栽,图文:哈佛大学阿诺德植物院培育的黄龙黄花杓兰(1911 年 5 月 7 日摄)。

1899—1911年的十余年间,威尔逊四度来华,三入此山,他将中国的1000多种植物引种到了美国和欧洲的花园,其中一种,名黄花杓兰。

陪同此行的采风团团长阿来老师的一位九寨沟文友后来说,此兰,是最后一天,老师于九寨沟的另一处景点,神仙池,找到的。

村庄的愿望、村庄里老人们的愿望、九寨沟县的愿望——发展"全域旅游"、一位天堂母亲的愿望、100年前一位外国人的愿望、一位高山植物学者、大作家的愿望,都集"愿"于此。或许,九寨沟所在山川大地——青藏高原东麓川西北高原,亘古以来,原本,就是一座"神山"。

九寨沟：美丽在路上

田晓明

因为惦记诺日朗瀑布，从成都到九寨沟，一路上忐忑不安。

过都江堰，穿过一个隧道，山川地貌陡变，213国道两边重峦叠嶂，尽管巨大的高山如刀劈斧削，呈现出尖锐的线条，山体依然郁郁葱葱，深沟峡谷，时而碧波荡漾。

爬坡转沟，海拔越来越高，天空越来越蓝。这是一条通往西北的茶马古道，有人将沿路关隘地名总结成口诀：三墩九坪十八关，一锣一鼓上松潘。

我们翻过海拔3480米的岷江源头，远眺雪山宝顶，越松潘古城后，过黄龙景区，一路盘旋而下，往九寨沟进发。

美在时间的路上

在赶往九寨沟景区的道路上，2017年"8·8"地震造成的毁坏的痕迹越来越多。山体的滑坡、倒塌的寨楼、散架的栈道……九寨沟由三条岔沟组成,三面被海拔4000多米的山岭包围,只有正北的沟口通向外界。我们从盆景滩、芦苇海、玉带河、老虎海、犀牛海,一路往上,一串串碧海湖泊,倒映着山光树影。

突然,一个干涸的旱洞呈现在眼前,这就是地震的伤疤——火花海。当我们慨叹遗址的干涸时,九寨沟县县长陶钢却坚定地说:"地震发生后,我们请来了世界自然遗产专家和中国的地质学家,对景区评估和监测,发现水景破坏并不大,受损最严重的是诺日朗瀑布和火花海。根据专家们的意见,我们尽量减少人工干预;更多的是靠大自然修复。"

车过诺日朗瀑布,由于路面与瀑布顶平行,并没有听到瀑布落差的雷响,只见到一道道细流缓缓流淌。当地人充满信心地说:"九寨沟水景底部是钙化层,震开的裂层会逐渐钙化封闭,同时,这里水量丰富,有天上雨水、雪山融水、地下泉水,九寨水景还会重现。"

我们来九寨沟并不是最好的季节,更不是最好的时候,但九寨沟人的坚定卓识给我们留下了深刻印象,封闭景区,重建三年,逐步开放。在景区里,我们看到施工车辆繁忙奔跑。在九寨沟的密林深处,有上百个海子,数十道瀑布,诺日朗、火花海,只是这奇峰异水的童话世界里的一角。我想,更美的九寨沟景区还在修复的路上。

美在发现的路上

然而此时,因旅游而兴盛的九寨沟县的发展正经历着艰难的考验。九寨沟县委副书记李贺军坦言:"我们九寨沟景区目前还不能接待散客,只开放了团队旅游。采取限人限时限区游览措施。这对于靠旅游吃饭的经济来说,压力巨大。我们调整发展思路,开发全域旅游。"目前,九寨沟县正按照"自然修复为主,人工修复为辅"的方式,加快推进重大生态环境修复保护项目,加快建设漳扎镇国际生态旅游魅力小镇、神仙池、勿角、甘海子、白河、中查·鲁能胜地等生态旅游项目,加快形成全域旅游格局。

九寨沟县四面环山,白水江穿城而过。我们沿保华乡的大山,左绕右旋,盘山而上,数十分钟,车到山顶,一座巍峨的酒店矗立眼前,从酒店穿堂而过,山顶绿色台地已在眼前。这是云顶乡村俱乐部,是高海拔的高尔夫球场。

我们坐上电瓶车,在山顶绿色台地中穿行,悬崖翠谷蔓延脚下,抬眼望去,山外有山。转过树丛,一个碧玉般纯净的天然海子镶嵌在青草绿树之中,大家惊呼起来,多像新疆的喀纳斯草原。

开电瓶车的司机对我们的狂欢早已见惯不怪,她笑着说:"从北京、上海、成都,甚至国外飞来的客人,常常在这里住上一周,在云顶打两场球,到九寨沟玩两天,是最好的度假。"

藏族诗人周文琴告诉我:"在阿坝境内有许多美丽的神山圣水,无论是九寨沟,还是松潘峡谷,骑上马走一天,在大山的褶皱里,都能发现奇异的风景,那是大自然的恩赐,纯天然的风光。"

美在创造的路上

在欢快的锣鼓声中,九寨沟勿角乡英各村人戴着狮、虎、鸡、牛面具,跳起了㑇舞,用红色的哈达,把我们迎进了寨子。

迎面是高大的青杠树群,茂密的枝叶遮盖了半个村子广场,此时,广场上,伴着男女情歌对唱,跳起了热烈的锅庄。

阿坝州文联主席巴桑介绍说:"这是个白马藏族的村庄。九寨沟县地处青藏高原边缘,白马藏族的㑇舞、登嘎甘㑇(熊猫舞)和南坪曲子、川西藏族山歌,这四项是九寨沟的国家级的非物质文化遗产,也是来这里游客最想看的节目。"

刚跳完㑇舞的村民扒珠秀说:"政府实行退耕还林,山上绿了,沟里的动物多了。到勿角看大熊猫的人,路过这里就会来村里玩。"我绕到青杠树后,登上观景台,台下是悬崖峭壁,放眼望去,沟壑纵横,青山连绵。遥想满天星光的夜空,犹如水洗一样璀璨。登高望远,山高月小。村里的年轻人告诉我:"现在来的游客少,晚上不敢住在村里。天一黑,山里的动静便大了起来,鹿鸣猴叫野猪吼。"年轻人笑着说:"希望来玩的人多,村里的旅游能成规模。这样,我们不用去县城打工了,游客也能住下,好好体验我们白马藏族文化。我们信奉万物有灵,与自然与人友好相处。"

如果说,在英各村,我们感受到的还是村民开发旅游的愿望;那么,在罗依乡看到的旅游产业已初具规模。罗依乡建起了万亩生态农业产业园区,以现有的葡萄酒、脆红李、百合、雪菊、辣椒酱等特色农产品为依托,扩大农产品加工基地规模,结合旅游产业发展,创建"住花间、观花海、闻花香"的农旅一体品牌,实现"农旅相融,以旅促农"。

站在罗依乡的凤凰台上,山下村村寨寨炊烟袅袅,山间阡陌纵横,一派生机勃勃的美丽山乡画卷正在我们眼前展开:依托灾后重建重点项目,素有九寨"粮仓"之美誉的罗依乡正在完善基础设施和服务设施建设,突出"千户古寨"与"乡村避暑"两大特色,培育 30—50 家风情民宿,进一步延伸产业链、升级旅游产品,创建阿坝州田园综合体试点与阿坝州生态农业综合开发示范区,打赢脱贫攻坚和灾后重建两场硬仗,谱写罗依经济社会发展新篇章。

在九寨沟(二首)

龚学敏

在九寨沟保华乡听南坪小调

把天空掏空,椴木声音的锄头把天空
逼到没有退路。

在耕过的天气中种花,
稗草的鸟叫被琵琶白发的栅栏,隔在
蓬勃的文字外面。

节令们用搪瓷的野菜敲打散碎的日子,
洒在正月的枝上,开雪花,
诱惑植物们成亲,生籽,让大地,
给天空用花说话。

藏马鸡被风筝错开的纸,描在云顶,
雾饱满,如同睡眠的水,

汽车是公路壮年时萌生的花骨朵。

椴树梢的女高音,酿酒,指引汉语中
的山羊。
如履薄冰的地名,
用年老的露水,一颤,
成一本水做的书,花朵们长出的封底。

在九寨沟草地乡看白马藏人跳㑇舞

水里面的精,上树了。
树里面的精,凿成脸壳子了。
人里面的精,被酒灌成跌跌撞撞的曲子,
去到天上了。

长了一千年的水,用麻柳的族谱
丰沛在羚羊们奔跑后的空旷中。
用酒曲子阴干的麻柳,
被匠人的萤火虫,贴成森林的面具。
烟火熏黑的山鬼,牵引着春天,
描摹藏马鸡啼叫的水。

把墨涂黑。年长的歌谣挂在椴树的树梢上,
成排的女子在头发的水中识别洋芋的姓。

植十二首酒曲子的树,阻拦变薄的口音,
飞翔的熊猫,用炊烟拧成水的发辫,
晾在教科书拄着拐杖的寨子里。

引领水向上的树,
把蝴蝶长成人群中的白马,时间的铁器
被酒磨光,直到把水凿成面具。

九寨二帖

李 平

神仙池

我该怎样向你描述
这里的美？除非我的眼睛
就是你的眼睛　而我们
又恰好如这里的天空和海子
要么深邃湛蓝　要么
秋波流转。我只能告诉你
这里的海子是天空的
一次下凡　而天空
又是海子的得道升仙
超度这种轮回的
是身披清风的山峦
他们坐化在一片蔚蓝里
念诵过的经文
先在水里扩散成涟漪

随后又飘荡成空中的经幡

那湖边的水鸟

或许就是几个仙童吧?

受他们的指引　我身形趔趄

如湖里的水草摇曳晃荡

左一脚天堂

右一脚人间

夜宿悦榕山庄

我把白云给睡了　也把晚风

给轻薄了。三千米海拔

撑起夜色　展开我

平生最辽阔的睡眠

一切坚硬的　都柔软下来

即使窗外的山峦

也似乎获得了呼吸　起伏着

令人想触摸的圆润和饱满

此时特别适合做梦　也适合

恍惚 凭借三两颗星子的指引

我感觉来到一片无垠的棉田

每一颗棉桃　都有山峦的造型

他们咧嘴酣睡　吐出的呓语
比云白,比棉软
而后又迅速膨胀,舒卷
铺陈起一张巨大的床幔

晨起,推开窗户
顿时云雾盈怀
这真实而又虚幻的拥抱啊
是否在提醒　我与这里的美
还互欠了一次癫狂?
一夜无眠……

淡烟疏雨忆罗依

伍立杨

初到罗依,只觉满眼苍翠,气象万千,一切世俗的烦恼,都在这一瞬间涤除净尽了。从县城前往罗依,沿途江山如画,青翠迎人,山花满树,景物为之一变。

罗依,在九寨沟县西南,东西方向分别与双河、马家、白河乡接壤。海拔平均1800米。此地乃一峡谷盆地,形似葫芦,峡口极狭,入之则又豁然开朗。这里常常雾笼山头,云铺谷底。有时转眼间,又是云开雨霁。这里四面环山,青山绿水环抱,半山腰是明清风格的藏、汉村落,不时升起袅袅炊烟,谷底和斜坡触目皆是团团簇簇,或星星点点的醉眸野花。

村寨所在的气势非凡的硕大山坳,仿若巨人有力的臂弯。房屋大多依山傍水,梯级分布,鳞次栉比,雄伟高峙,诚罕见之奇观。村寨依山而构,民居星罗棋布,依山势而建,或疏落或繁盛。半山腰气候温和,是为理想住地,多在半山的向阳坡上建造房屋,形成村落。罗依村寨即卧于连绵山峦之臂弯,林壑优美,有雄深雅健之势。房屋以上等三合土板筑垒墙,条石基脚。厚墙厚顶,结构严实,冬暖夏凉。一栋三行六间,中间厅堂,两边为厢房,厅堂后面是板梯间,此即典型的干打垒式建筑,以泥土为原料,通常干打垒房屋多覆以干草,但此间多系瓦房,属于上等干打垒建筑。房型妥帖含蓄,稳健明爽。若谓远离喧嚣,结茅读书,兹为最胜。惜行脚人匆匆来去,非有闲人,不能优游久待,真无山水清福。

罗依乡下辖四个村:顺河村、罗依坝村、河坝村和大寨村,总人口约三千。居住相对集中。日出而作、日落而息,天人合一的理念,经过先民的生活实践,被发挥得淋漓尽致。民居就大自然顺势而为,在地势高爽的向阳坡面修建房屋,使村落与沃土良田、山形水势有机融合,形成山、水、田园、阡陌、村落和谐共存的生态格局。

若在两边山上的高处,可以将整个乡镇的山光和炊烟,尽收眼底。就历史溯源而言,罗依自有不凡的身世与风貌。因其地处偏沟,汉藏杂居,与外界的融合缓慢,很多传统的建筑格局得以保护和传承,是九寨沟县独具一格的传统建筑文化宝库,更是藏汉人民世代相融的文化见证。它所呈现的动态嬗变的历史进程,丰富而斑驳,它的历史不是凝固和平面的,而是活态和立体的。最初,罗依人系外省游猎入川,辗转落居于此,聚族而居。村落始于明代,现存房舍多建于清代,土木结构,年代久远,近些年有所翻修,但依然保存了古老的传统格局。农耕文明留下的可贵遗产,因了数百年的传承繁衍,不断修缮乃至更新,蕴藏着丰富的历史信息和文化景观。

数座大山高高耸起,直抵天边的白云,又互为犄角之势,迤逦连绵,山势之雄伟宏阔令人心惊。如此这般的崇山峻岭,往往云雾浩瀚,覆盖巍峨群山,淹没丛林江河,天海一色,惊心动魄。村落间流泉潺潺,绕屋而出,多削竹筒接引之,由檐阶而下,颇便于截取,清韵泠泠,使人神爽。屋周菜畦麦垄,欣欣向荣。在这里,常与居民为伴的,总是雨露星辰,以及随时嗅到的泥土的芳香。

此间生态环境的高妙,乃两大原因:一则当地汉藏百姓爱护大自然的传统,视山水为灵物;二因退耕还林后,实施山顶戴帽,山腰种稻,山脚数票之方略:一是山上梯田周边植树已成相当规模,二是山腰为主要农作物,三是山下则为适合市场需求的经济作物。沿途景物旖旎,绿树苍然,虫声唧唧。老百姓生活似甚闲适。

日出而作,日落而息,并不是老庄的无为,而是醒悟了物我一体的本元,它的存在的基础必然根植于孕育万物生灵的泥土上。在罗依,黄昏来临的情景最为神奇,当夕阳衔山,彩霞似锦的时候,山民沐着晚风归来了,断续的歌声响起,野鸟匆匆地掠空而过,静谧水一般渗透过来,一切复返古朴安详。

靠山吃山者环境保护多不理想,或者林木荒枯,牛山濯濯,或者泉流畏缩,水土流失,以致名山胜水,黯然失色,唯有罗依民居则林木丰美,葱茏森秀,野花烂漫,浓艳照山。多有合抱之木的伟岸,更有灌木茂密之荫凉,山上泉流纵横,田畦肥沃。经数百年沧桑递变,而农桑价值不稍衰。

罗依的农耕风光,乍见之下,令人心仪、心动、心折,粮食作物为玉米、黄豆、洋芋、荞子、油菜等,主要经济林木有苹果、花椒、核桃、甜樱桃、葡萄、苹果、梨子、杜仲、漆树;家种药材有天麻、党参、当归等，土壤未受污染且远离工矿企业，乃系最佳绿色农产品基地。罗依的农耕景象为最震撼人心之风景，千百年来辛勤垦殖，无意中造就了天人合一的壮丽景象。勤劳厚朴的百姓先祖，正是梯田的催生者，若非如此，可能这里还是濯濯荒山呢。靠着汉藏老百姓的坚实的心，和他们永不疲累的手，一抔土、一根草，一尺一寸，垦殖开来；一滴汗、一滴血，逐渐逐渐，把荒山变成了沃土。其间历代民众辛勤垦殖，所蕴藏的丰富故事，可能比它丰富的出产还多。

此间民风淳朴，物产丰腴，频年安然无惊，现在地方力行建设大政，为老百姓广筹生计，即为地方大启利源。旅游业在此顺势而为，水到渠成。罗依这一方鲜为人知的高山秘境，乃是一成型的原生态景观。

旅游业的产业链条较长，具有一业兴、百业旺的特点，拉动经济效果明显。九寨各乡镇，大录、双河、保华、罗依、勿角、马家、郭元、草地……各有千秋。诸如勿角民族生态旅游试验区、大录古藏寨景区，业已形成全域旅游格局，此间群众可保持续增收。白河金丝猴、勿角大熊猫科教基地，有四个休闲农业专业村、林业生态旅游发展重点村，同时又推动农旅融合发展。自然景点有保护好的红豆杉、千年古榕树、悬棺、滴水岩瀑布等等。

这些乡镇虽然不如核心景区那样赫赫有名，但它们对于九寨沟核心景区相当于一种旅游经济的战略预备队。为该县旅游经济持续健康发展，具有正面的促进协同作用。为潜在的后发优势搭建了聚合发挥的开放平台，使政策和市场机遇找到了叠加释放的战略引擎。

独特的自然地理生态,使得罗依旅游业的后发优势逐渐突显,同时也为旅游业带来新的发展空间。九寨沟核心景区的发展开放已有数十载,资源环境压力不断加大,旅游资源开发与保护的关系备受关注。罗依及其他乡镇的民俗旅游、农耕旅游正可成为其缓冲和延伸,借以丰富大九寨的内涵。

经过近二十载春秋的努力,罗依乡以粮食为主导,陆续开发天然食品、绿色食品、保健食品,以及生态肉加工项目;种植季节蔬菜形成规模效益,种养规模化生产格局斐然成形,稳健行进在农旅休闲发展的良性发展轨道。在当地致富能人的带领下,罗依乡数千亩土地进行流转,种植此处所有,他处所无的水果,合作社按照"公司 + 合作社 + 基地 + 农户"的模式,带动周边的农民共同迈向产业化经营之道,随着罗依度假区的建立,吃、住、行、游、购、娱等旅游服务设施更加完善。产业园已成功开发了红酒、高山雪菊、苦荞茶、九寨蜂蜜、美椒酱、羊肚菌、脆红李等高附加值产品,产业发展从资源向商品成功转型,建成集生态、旅游、康养为一体的生态旅游度假区。

今天的罗依,并不因为它的偏远而没落式微,反而更加富饶美丽。诸多的生态产业,在这里发达起来,在历经沧桑之后,它所焕发的是另一种生命的光辉。这片古老的生命土壤,葆有大量独特的历史记忆、持久放射一种独特的精神文化内涵。

最难忘怀蒙蒙细雨下的山峦幽谷、林间小径,以及林间坡地里野鸟清越飘忽的鸣叫。寄兴林泉,体察自然万象,汲取山川灵气，纳丘壑于我胸臆之中，假如冥冥之中真有所谓命运之神的话，逗留罗依，可以说这是上天对我最丰富的恩赐。

夜色降临时，我们才离开罗依，夜色里的罗依，更加厚重神秘。是夜无星无月，景物皆笼罩于夜幕，只有那路边迷离的灯影，在淅沥的雨声中，还在不断地撩起我的记忆之玄关。一些旧事和新的企盼都涌上心来。此际，十里红尘，舞榭歌台的尘烟梦魇，已在千山之外，不复扰我思维。

我们初履罗依乡，正值初夏时节。三三两两的汉藏农友，正在田间劳作。他们的身影，仿佛正无声地讲述着那久远的拓荒历史。

面对大起大落、气魄宏伟的山峦，零距离融汇无间的心态，相信即使经过漫长的岁月，也依然会鲜明如恒。

2018年6月

九寨之外

陆春祥

九寨密码

出成都,一直沿着岷江源头西行,过汶川、茂县、松潘,这就到了岷江发源地,3409米的一片花海,天广地阔,流水潺潺,让人无限欢喜。上了九寨沟县的弓杠岭后,这里的河又是另外一个流向,白水江,它的上游有黑河、白河,白水江是嘉陵江的上游。

经过400多公里的曲折后,我们终于到达九寨沟县城。

初次了解到的九寨沟县,感觉非常庞杂,史脉悠久而绵长。

20年前,当九寨沟县还是南坪县的时候,许多当地人一直叫它扶州。

说扶州,一定要先说邓至羌。

邓至羌是氐羌族的一支,为了纪念三国时期的将军邓艾,故名"邓至羌"。公元263年,魏国大将邓艾伐蜀,与蜀国大将姜维一路大战,姜节节败退,邓一路追击,最终灭了蜀汉政权。邓艾大军经过的路线,其中就有九寨地域的野猪关梁子,后来,这个梁子改称邓至山,当地羌人也以之为荣,自号邓至羌,通俗地说:我们是居住在邓大将军经过的地方的羌族。

邓至羌在随后的南齐和北魏朝,都得到敕封,他们筑起了邓至城,开始了文明生活。邓至城,应该是南坪历史上的第一座城市。

公元587年,隋文帝开皇七年,邓至城变成了扶州。唐玄宗天宝年间有数字统计,当时的扶州有2418户,14285人,从全国看,这已经是一个中等的下州规模了。

隋唐时期,吐蕃灭了吐谷浑,开始强盛。在文成公主进藏前,唐朝和吐蕃多次在九寨沟县和松潘县一带发生战争。

稍微岔开一下。

吐蕃兴起之前,在西藏的阿里地区和新疆西南部,生活着大小两个羊峒国。唐朝贞观末年,羊峒国被吐蕃灭了,吐蕃于是将羊峒国的人分散到偏僻地方居住。文成公主进藏和亲,当时随松赞干布发兵的部分羊峒兵,就留在了九寨沟地区。

于是,九寨沟县又多了一个名称,羊峒。

羊峒其实是象雄的藏文译音。西藏那曲地区的尼玛县文都乡办事处附近,有个叫穷宗的地方,那里是象雄古国的遗址,我问曾经在那曲挂职的姜军先生,他说,象雄的藏文读法就是羊峒,尼玛是羊峒古国的遗址,历史相当悠久。

接下来是一个漫长的时期,五代十国,扶州被前蜀占领;后蜀又被吐蕃占领;两宋自顾不暇,这里属"诸羌之地";元明时仍称扶州。

这一下就到了清代，这里还是叫扶州。清代的统治者，自己就是少数民族出身，故他们特别注重对边疆少数民族地区的管理，1725年，清朝在扶州城南设立了南坪营城，南坪这个县名诞生了，也就是说，清统治者最初是将这里当作一座军事基地来对待的，既可以监督，又可以管理，一举多得。

因此，九寨沟县的前身南坪县，和中国许多县市的历史相比，实在算年轻的了，不过300来年的时光。

在九寨沟县内的非遗展示中心，看着她长长的历史，一路解读着她的密码，我沉思良久，蛮荒之地并不荒，她的一砖一石，一草一木，都和中华民族紧密相连。

南坪弹唱

罗依乡的九寨庄园，山顶上一片缓坡，草绿天蓝，高原中午的阳光虽有些强烈，但我们还是兴致勃勃，这里马上要进行一场说唱表演呢——南坪弹唱。

省级琵琶制作和演奏非遗传承人刘玉平，县级南坪弹唱非遗传承人马四云，村里演出队的数十位男女演员，俨然如正规演员演出，演唱前，转轴拨弦三两声。

当当当，一声娴熟的琵琶，划破了嘈杂，弹唱开始。

整齐、清脆，旋律非常熟悉，演员们情绪高亢，歌声、琵琶声听起来比较简单，但山谷的穿透力极强，蓝天上的白云似乎也都停下来歇脚旁听。

这是南坪弹唱的经典曲目《采花》。我听着耳熟,是因为这曲子曾风靡过全国,周恩来总理曾建议东方歌舞团把它作为出国演出的保留节目。

"琵琶之乡"九寨沟县,几乎人人会唱会哼《采花》,几乎家家都备有琵琶。

其实,在非遗中心,我早就盯上了这个"琵琶"。去年,我为了写《霓裳的种子》,几乎将琵琶及唐宋大曲的演变全部研究了一遍。

现在,我听着马四云她们的弹唱,思绪又开始穿越时空飞扬起来了。

中国的民歌,自《诗经》开始,一直朝气蓬勃地发展着。承着唐代大曲的遗脉,南戏来了,北曲来了,歌唱、舞蹈、念白、科范,南北甚至可以合套,南坪弹唱,就是集南戏北曲精华之良好呈现的地方民歌,虽属野腔俗调,但地方特色浓郁,百姓极为欢迎。

南坪弹唱,以特制的三弦琵琶自弹自唱为主,有时配以碟碗和响铃击节伴奏。它分"花调"和"背宫调"两大部分,"花调"以抒情见长,"背宫调"以叙事为主,但演唱的时候,往往两调相互交融。

"花调"其实我是知道的,我读清人范祖述的笔记《杭俗遗风》,那里面就有"杭州花调":五人,分角色,用弦子琵琶扬琴鼓板,小户人家及街头聚会多用之。这种"花调"和南坪弹唱中的"花调"如出一辙,都是下层劳动人民喜庆时的最爱。

我知道"宫调",但不知道"背宫调"。九寨沟县委副书记李贺军,这位京城里来挂职的戏曲专业博士告诉我,"背"字没什么意思,一定要说有意思,那可以这样理解:因为"宫调"有固定的曲牌,严格的韵律和字数,必须死记硬背,而且,民间传承时大多口耳相传,这个"宫调"就变成了"背宫调"。

"宫调"中,其实有半数以上的曲子源于唐宋。因此,我有理由相信,白居易当年在浔阳江边送朋友时,"忽闻水上琵琶声",那个琵琶,虽是四弦,但和我眼前这种激情澎湃的南坪三弦琵琶也有相通的地方,她们都是在细细叙事,情感饱满,如痴如醉。

九寨沟县的文史专家考证,南坪弹唱大约有三个时期,雍乾时期,"湖广填四川"的移民带来了"宫调",同光年间的陕甘移民带来了"花调",民国初年,优秀民间艺人融合了两调,就是我们面前独具风格的南坪弹唱。

难怪,我们听抒情的"花调",似乎像青海甘肃一带的"花儿",也颇有点秦腔的激越,演员们始终有一股子激情,似乎与生俱来。

这种激情,在保华乡土门村书记陶全娃家晚餐时,达到了沸点。

乡亲们自发组成演唱队,男女老少,近30人,分成三排,前两排坐,后一排站。依然整齐,依然豪情,依然直爽,我的眼睛始终盯着第二排的一位老者,他左手拿一只碟子,右手拿一根筷子,随着曲子强烈的节奏,他的筷子,有节奏地敲着碟子,那筷子,在撞击碟子时,潇洒地转了一个小弯,犹如琵琶的滑音,那种流畅,是多年练就的自如,他不仅敲碟,他还唱,头微仰着,扯着嗓子,完全沉浸在曲子的欢乐里。

见此情景,著名藏族作家阿来,不禁嗓喉痒痒,也加入演唱队伍中高歌。依旧是《采花》,不过,他们从一月极具兴致地唱到了十二月。曲子激起的声浪,直穿夜空的穹顶。

老人姓陈,今年93岁高龄了,他后来还即兴为我们表演了一段曲子,这回是自弹自唱,依然情感奔放。陶全娃插话说,土门村所有的三句半都是老人编写的,他还创作了许多"花调"曲的词。

大九旅集团的一位女负责人与老人合影,她对老人说,以后每年都会来看他,祝愿他活到120岁!

白马㒈舞

勿角乡英各白马古寨,高山上的藏族村寨。白马,是藏族的一个分支。

我问县文化馆的小张,勿角是啥意思?她说藏语是深沟、偏沟的意思。山道极窄陡,数个盘旋之后,我们到了英各村口。哈达,青稞酒,光线透过树荫,一队藏族同胞脸上溢着笑容,载歌载舞欢迎我们。

英各白马古寨,是国家级非遗㒈舞的原生地。我见过傩舞,对这个㒈舞却异常陌生。"㒈舞",是白马藏族的方言,意为吉祥面具舞,该舞是白马人的原始崇拜,一般用于祭祀和重大喜庆场合,白马人崇尚万物有灵。

都有哪些吉祥面具呢？我在四川音乐学院和九寨沟县文体局的伌舞保护研究基地看到,狮、牛、龙、虎、麒麟、蛇、凤、豹、竹甘欧、熊、鹤,还有酗盖、酗孟、阿里尕(俗称大小鬼)等,这些面具,色彩浓烈,做工考究,还有和面具相配合的各色服装,也都鲜艳精致。

通俗地说,"伌舞"就是一种仿兽舞,它是氐羌文化和藏文化的融合。

我们的先人,其实一直在跳兽舞。甲骨文里的"丂",就是蝎子。

周朝王宫举行盛大宴会时,有一种舞蹈叫"丂舞",就是蝎子舞,舞者左手拿尾刺,右手举铁钳,踩着节拍,围着圈子,左右上下摇摆,缓慢行进,当然,他们举着的,都是些道具。

寨子中间的广场上,中间燃起了一堆火,咣、咣、咣,重锣捶起;鸣、鸣、鸣,鼓号声苍凉。一队面具人来了,狮啊,牛啊,虎啊,熊啊,他们左右分步,一步一顿,两脚间迈着最大的跨步,如练武术稳扎稳打的那种,不让人看出破绽。然后,他们的臂,他们的胸,随着节奏,会扬起或挺起,这些舞姿,很明显可以看出是模仿动物们的生活。

仿佛看见,原始丛林里,各种动物自由自在的日常,或追打扑食,或惊慌奔逃,而眼前"伌舞"的多变舞姿,似无章法,却是完美的天人合一。

在罗依乡的九寨庄园,我们还看到了另一种"伌舞","登嘎甘伢"。"登嘎"藏语是"熊猫"的意思,因此,这种舞又叫"熊猫舞"。

两只熊猫上场,步履蹒跚,憨态夸张,它们喝水,吃箭竹,爬树,打滚,嬉戏,睡觉,一切的动作,都给人笨笨的感觉,这种笨拙,给人们带来了欢快。九寨沟县境内的勿角大熊猫自然保护区,是国家级大熊猫的保护地之一,这样的"熊猫舞",应该是生态和图腾崇拜,人与动物和谐相处。

我们和动物,其实在同一现场。"伢舞""熊猫舞",舞姿虽原始,传达的理念却一直让人们沉思。

云雾霓裳

看过不少地方的云雾,庐山云,黄山云,泰山云,松阳云,然而,面对九寨不时涌来的浓云密雾,一时词穷,看着云雾变幻的身姿,那种曼妙,我想或许用"霓裳"可以形容它。

九寨悦榕庄。6月6日夜10点左右,窗外闪电大作,闷沉的雷鸣,从远处滚来,大雨将至,不过,我还是安心睡了,我想得美美的,大雨过后,明日清晨,一定有好看的云雾。

翌日清晨,在鸟鸣声中醒来,跑到阳台上一看,只有惊叹,满山满谷都是云雾,浓的,淡的,渐浓渐淡的,合拢,分开,又合拢,升腾中的云雾,如压了五百年刚得到自由的孙猴子,欢喜跳跃,运动变化毫无规律,嗯,这就是我理想中的云雾图呢,昨晚,我睡在云上。

"山中何所有,岭上多白云。只可自娱悦,不堪持赠君。"南北朝时的陶弘景,这样向齐高帝萧道成表明自己的隐居志向:每天都与白云为伴,只是可惜,我不能拿云来送您呢。

现在,我正用手机录像;视频也可以让别人分享的。

显然,光看录像,也不能"赠君",怎么办呢?我一直想做一个装云实验,是明人江盈科的同学李君实(*万历二十年进士,官至太仆少卿*)做过的那种:

用一个大一点的净瓶,用手将云雾挽进瓶子,以满为度,然后,用纸及布绢叠封其口。数月后,持以赠人,令其人密糊一室,不通窍罅。将瓶揭去纸绢放之,从瓶中缕缕出如篆烟状,须臾布满一室,食顷方灭。(明代江盈科《雪涛小说·庐山云》)

李君实的成功实验给了我充分的信心,云确实可以用来赠君的,只要实验方法得当。我没有事先准备,只能望云雾兴叹,用手撩了撩,撩了又撩,如孩童夏日里在清澈的溪流边嬉水那样。

芦苇海、卧龙海、公主海、老虎海、犀牛海、长海、五彩池,九寨沟数十个著名的景点,那里皆有各自的云雾图,云仙子着霓裳羽衣,缥缈,轻烟,有时竟然变身为薄薄的一缕,自由散漫地飘浮在翠谷间。

九寨沟海子水的绿宝石蓝,显然最让人迷醉,那是水质、光线,还有化学物质等织就的蓝,也是蓝天上倒坠的影子。

散了的云雾,都去了哪里?它们都躲在绿宝石的蓝里了,遇着合适的机会,它们一下子就变成她们,在蓝天上任意舞蹈。

阿　若

6月7日傍晚,我们到漳扎镇的阿若旅行书店,喝酥油茶。

暖暖的酥油茶,驱走了阴雨的寒气。藏族姑娘尤珠娜姆,脸上透着别样的青春笑容,美丽而成熟,她在向我们介绍刚拍的一个微电影,哇,姑娘好美,原来,尤珠娜姆就是片中主角,故事讲述的是藏族姑娘在九寨沟经历的春夏秋冬四季,显然,她是要通过影像向外界推广美丽的九寨,影片虽然不是很专业,但唯美,人、景、衬景,都通透、亮丽,给人无限勃勃生机。

25岁的尤姑娘,大学毕业后,先在成都工作,后被九寨的文化和景色招引回家乡。电子商务时代,哪里都可以创业,她立志做一番电商和文创的新事业,更好地传播藏羌文化。阿若书店,一楼空间宽阔,各类精品书和她们自己开发的小礼品琳琅悦目,楼上就是民宿,在阿若,赏景和阅读,身心的另一种悠然安放。

离开时,我们收到了阿若书店的小礼物和一封信。小礼物是一个柿子形的小茶盒,内里装着藏茶,精致鲜亮,寓意事事如意;信的开头这样称呼我们:关爱阿若的家人。信就如向家人拉着的家常,暖意顿生。

阿若,藏语中朋友见面的招呼用语,犹如我们常说的"您好"。

送我们出门时,尤珠娜姆依然溢满笑容,虔诚地双手合十:阿若,我在阿若等你!

尾　声

6月8日上午,我们从九寨返成都,途经弓杠岭,海拔3400米的高处,沿路两旁全是雪,松树、竹子,还有杂木、杂草,全都披上了银装,近处,远处,满山的雪,童话般的世界,让我们兴奋不已。原来,昨夜又是大雨,而那些在空中张牙舞爪的雨点,在九寨沟的高山上,极有可能变成身姿飞舞的大雪。

这些雪,我依然将它们看作云雾的另一种化身。

整个弓杠岭,白茫茫的晶莹,干净如斯。

九寨神仙池（二首）

李明政

九寨神仙池

我曾读过
一本关于地球起源的书

科学家吵了半天
也不知道

地球上的水
究竟是从哪里来的
我对科学家们
充满敬意

他们讨论的事
总比哲学家讨论
"一个针尖上能站几个天使"
要好

虽然人类
不知道地球上的水
来自哪里

关于水
我想告诉你

我仅知道

地球上最柔美的水
在九寨神仙池

五月的红桦树

你是
树林里的行为艺术家
故意和破洞牛仔裤撞衫
不修边幅
不好好穿衣服
巾巾片片挂在身上
像是绯闻

你是油画家

其他树木深深浅浅

画着绿色

神仙池用水

画米黄的涟漪

松鼠画轻盈的跳跃

林间的雨滴和风

画安静的栈道

蓝天白云

画深邃的背景

甚至 有人躺在地上
用相机画憨态的杓兰花开

而你
只画赭红

你是一个使苦肉计的恋人
让身上的皮肉
在风雨中 炸裂

传说 用红桦树皮写情书
一写一个准

九寨断章

卢一萍

1

在四川这个省份,有很多与众不同的风景,一出成都平原,就会遇到宏伟而繁复的地貌,高山巍峨,山脉绵延,江河奔腾。在那里,总能看到更明净的天空,更灿烂的日月,更伟大的风景。

九寨无疑是最著名的,它俨然已是中国自然风景的胜地。一个热爱自然的人,如果不去朝圣,就像一个基督徒知道上帝在那里,不去朝圣;就像佛陀在菩提树下说法,你不去聆听一样。作为风景的传说,它早已深入人心,令人向往,以致我每次从西北往返成都,都觉得可以经过它的上空,我会俯瞰,希望找到那片深蓝,那一汪汪大地的欢喜之泪。我能感觉到它在那里,可以从群山中把它辨别,就像在海浪中辨别一小块翡翠。

作为一个写作者,我对名声太大的东西总会质疑。有些人人向往的风景一旦真的去了,总会令人失望,觉得还不如去乡野一角。

但它地处北纬30度附近,这种神秘还是吸引了我。长江、密西西比河、尼罗河、幼发拉底河都在这个纬度入海,世界最高峰珠穆朗玛峰和最深的马里亚纳海沟均在北纬 30 度附近;这一纬度上的奇绝景观,如钱塘江大潮、黄山、庐山、峨眉比比皆是。著名的自然、历史之谜撒哈拉沙漠、百慕大三角区、金字塔、自贡恐龙化石、三星堆遗址也在这个纬度上。

2

知道九寨沟,最早是因为杨炼的诗《诺日朗》。我知道诺日朗在藏语中是"男神"的意思,还知道九寨沟有一座瀑布、一座雪山用它命名。《诺日朗》并不纯粹是这处风景的赞歌,它只是一个意象,或者说一个象征,但诗中也有这样的诗句:

> 我是瀑布的神,我是雪山的神
>
> 高大、雄健,主宰新月
>
> 成为所有江河的唯一首领
>
> 雀鸟在我胸前安家
>
> 浓郁的丛林遮盖着
>
> 那通往秘密池塘的小径
>
> 我的奔放像大群刚刚成年的牡鹿
>
> 欲望像三月
>
> 聚集起骚动中的力量

是的,诺日朗是瀑布和雪山的神。就是从读了这首诗开始,九寨沟就在吸引我前往。

从这首诗中读到的自然似乎不会衰老,即使死亡,也会复生。但相对于短暂的人生,这个过程过于漫长,一旦容颜有变,再次恢复,可能要十年、百年,甚至千年,人显然等待不起。所以我很庆幸那次前往,使我看到了九寨沟完美的模样。它的确名不虚传——每一滴水、每一片蓝、每一缕飞瀑、每一株树、每一处风景都如同梦幻,但绝对真实,我都满心喜欢。

早在一万多年前,自然的伟力就已奠定了九寨沟今日的地貌形态,没想到2017年8月8日,地震再次改变了它。

这次来,就是来看望地震后、正在恢复的九寨沟。

一上路,我就有去探望一位受伤的、曾一见钟情的恋人的感觉,感觉车开得过于慢了。

跟整个大地比较,九寨沟就是一条沟,是个微小的地方,但它能引起整个世界对它的持续向往,不能不说是一个奇迹。

地震撕裂了一些地方,游客稀少。印象最深的是诺日朗瀑布消失了。导游小姐说起,眼中噙泪。

我们安慰她,九寨刚好可以休养一下,没有瀑布的诺日朗何尝不是另一种美呢?

3

无论山水或美人,都因姿色气质之美而引人追逐。我一生愿逐美景而生,遇美景亦多,但诗人的邀请仍令我激动不已。

我多次念叨过诺日朗,一次次在嘴里发这个音:诺—日—朗——"。

诺日朗,一个音符,一个名词,像一滴在清晨落在额头的露水,有一股透人心脾的凉意。

我不知道这个词源于何时,我不想深究。

我不想让它因为究问变得单一。因为它不仅仅是一个词。它的含义无边无际。它是个想象体,可以赋予无限的美、无限的缺陷、无限的喜悦和伤感。

我已有经验,边疆地区这些地名的含义全在你念出它时发出的声音里。你念它的声音、语调、韵律、停顿不同,其意义也就迥异。

4

九寨沟早就存在。之前除了当地人,少有人知,也不为人知。1978年,国务院将其列为自然风景保护区;四年后,又将其划为第一批国家重点风景名胜区,它便迅速有名起来。它远离人世喧嚣,自然天成的山水和独特的藏族风情相融,翠海、叠瀑、彩林、雪峰、幽谷和藏寨天然一体,纯净、明丽、梦幻,如仙境,如童话世界。

九寨沟形态多变,我第一次身处其中,听到的分明是一首自然交响曲:宝镜岩是第一乐章;树正是九寨缩影,它和诺日朗瀑布一起,构成了第二乐章;粗犷神秘的剑岩、雄伟壮观的长滩,组成了第三乐章;扎如则如最后一个乐章。

世居于此的藏族人民爱护山水,使雪山、流水、动植物所组成的陆地、水体生态系统完好无损。

这里森林茂密,是中国植物区系交会地带,一半以上被原始森林覆盖。高山草甸、亚高山灌木丛、中山针叶林、针阔叶混交林、阔叶林从雪峰至湖滨呈垂直分布,杉、栎、槭、松、杨、桦等2000多种高等植物织就了九寨沟五彩斑斓的四季景色;古老的孑遗植物长势茂盛;珍稀的红豆杉、领春木、连香树、岷江柏、白皮云杉、重枝云杉、三尖杉、星叶草、独叶草、箭竹点缀在林海之中。多样的植物群落庇护了300多种野生脊椎动物,200多种飞禽,其中包括大熊猫、金丝猴、牛羚、白唇鹿、小熊猫、雪豹、红腹角雉、绿尾红雉、蓝马鸡。森林装点景观,涵养水源,哺育珍禽异兽。正因为有这些五彩植物、美丽动物,才会与钙华、岩溶、冰川、堰塞湖、峰柱峡谷、水帘洞构成一个相互辉映的大美世界。

可以说如果没有森林,就没有九寨胜景。但九寨沟及其周边森林曾作为重要的国有林场,森林被大量砍伐,在1986年9月,成都至九寨直升机试航成功后,机组人员看到的九寨如同沙海绿洲,周围大多荒岭秃山。如果当时没有及时采取措施,如今九寨可能早已消失。

所以九寨是幸运的,2017年的地震比起过去的危险,根本不算什么。

5

　　九寨沟口羊峒海拔 2000 米，西侧扎玛且莫普德海拔 4500 米，东侧甘孜公盖海拔 4558 米，分水岭多尔纳海拔 4764 米。强烈的新构造运动，使地壳发生急剧变化，形成高山深谷。主沟树正沟由扎如、荷叶、黑角、丹祖、日则、则查洼六条支沟汇集而成，冰川剥蚀山谷，阻塞山谷流水，加之地震、泥石流和较发育的岩溶地貌，整个流域山峦重叠，湖泊棋布，垂壁千仞，雪山高耸，形成水光浮翠，倒映林岚的秀丽景色。九寨坐南朝北，主沟南北向，纵深约 50 公里。下游为树正沟，逆流而上 14 公里处，分叉为日则沟、则查洼沟，三沟如"Y"字形，南北流向的主要沟谷是主风景区。流域四周山地雄伟峻峭，林海苍茫，从下而上，不同林带层次分明，景观斑斓。流水作用以及旺盛的钙华沉积和地下伏流为主的喀斯特作用，形成钙华堤埂、滩流、海子（*湖泊*）、跌水（*瀑布*），映衬高山雪岭、湖光倒影、林岚飞瀑，如童话，如伊甸园。

　　你可能想象不到，在树正、日则沟内有大小湖泊 114 个，大小各异，如串珠顺沟排列，故称群海。它又与瀑布伴生，湖水因深浅、光照、湖底物质不同，不断变幻色调，呈现不同美景。

　　湖泊、钙华堤埂和瀑布以及钙华条坝、梯海和跌水是九寨沟主要的地貌类型，它们相互联系，不可分割。也就是说，如果没有堤埂或钙华条坝的阻挡，就不可能储水成湖泊，而没有湖泊的水外溢出来，就形不成瀑布。

6

这些天,我一直在想九寨沟究竟诞生于何时——我想,你可能与某株草、某棵树、某朵花的诞生有关。

你源自它们。

——宇宙从一朵花中诞生,一个星球诞生于一粒尘埃,一粒尘埃中有八万四千世界。这种微观与宏观的对比似乎格外强烈。

这些天,我还在想你婴儿时、童年时、少女时是什么样子。

你一诞生,就是美的故乡,就是无数美景的孕育体。

你婴儿时注定哭闹,你的父母并不宠你——这正是山河之爱,你带着泥浆和熔岩的气息——这种乳臭味儿直到你的童年还有。你的童年生机勃勃,芳草高茂,佳木齐天,百鸟鸣唱,瑞兽奔逐;你的少女时代始于人类诞生之时,天真清纯,奔放狂野,绝世独立,但因怀春而略显忧郁。

7

我身处巴蜀,盆地四周高山合围,但我的心却可以望见九寨。

九寨有仙境的光芒,可以照亮一大片天空。

无论在什么地方,我的心都能感受到九寨的光。

8

我与九寨前世结缘,此生相见,历经的轮回,让我禁不住泪流满面。

再美的风景皆为人而生,风景之所以永恒,是因为它可为等候知音而永不衰老。

我可能还不配做九寨的知音。

但我的确爱你的每一株细草,每一朵小花,每一缕光和风。

你是我的澄明净地。

9

来到这个过去叫南坪的地方,我已来到你的身边。我不知道这座独一无二的小城跟你是什么关系。南坪……它能在这里像个动物似的生长。它是你的图腾,或者是你的族徽,我以为。

河水在夏季并不清澈,像掺了牛奶。住在岸边,四周有流水的声音。声音穿透野生的柳树,沿着林中小径而来。鸟儿在林中歌唱。我喜欢这个地方。

我整夜都在做一个梦,梦见我的梦是蓝色的,泛着白色的浪花,不停地穿过我的身体。我感觉"我"的确存在,又清晰地觉得,我是个蓝色的流水可以流畅无碍地穿过的"无"。

次日我被窗外的鸟儿唤醒,感觉身体真被水流洗涤过,格外清洁,格外空明。

我不知道,是否每个见到九寨的人都要经过梦的洗浴。

10

旅游巴士拉着我走向九寨时,我的心变得格外柔软。

海拔慢慢升高,美也在不断变幻,最后达到冰峰的高度。

少女的胴体——一千个少女的胴体,十万个少女的胴体,以立体主义绘画的方式呈现。无数柔美的曲线,不断起伏。一道山脊上,立着一片云、两片云、三片云。

天空是变幻的,森林随之色彩纷呈,连马群和牛群也不停地变换颜色。

青山在傍晚呈钢蓝色、苍黑色,如一列高墙。这环绕的青山是九寨的兄弟。云杉林立如戈矛,像护卫九寨的兵团。白云投在一座青山上,留下一片云影,远处的森林被衬托得更加明亮。有时候,乌云会遮住太阳,但太阳的光会如瀑布一样直泻而下,形成一道齐天的、辉煌无比的光瀑。待阳光把乌云揉散,阳光再次洒满群山,它已被过滤、洗涤,每一道光都像新的。还有高原的骤雨——正是阳光铺张之极的时候,光影斑斓,希望有一团云来消磨一下这难以承受的奢侈,这团云就真的飘到了头顶,饱满的雨滴落在身上,算是报个信,然后便恣肆倾泻,空中一片白亮。谁都以为那团云会泻光,但当暴雨戛然而止,它还好好的,比先前更白。

11

我九寨野花弥漫的春天——这里的春天和蝴蝶的翅膀一样薄,一样轻,却具有季节(时间)的重量。

想象夏天森林和流水的气息,从四面八方围拢来,无边无际的野花一直铺展到雪线,形成五色花海,那是花的集结。那些美无法言表,它们都属于九寨……

想象九寨冬天的白雪,无边无际,只有云杉的幽暗成为标记。希望冬天的九寨待我以白雪,待我以白雪笼罩的世界,待我以天地的冰清玉洁、大寂大静;我希望积雪没过我的头顶,我能在雪中聆听九寨安静的呼吸。

12

虽然相处短暂,但对我而言,这里已不是异地,而是故乡的一个切片。

13

我是乘着晨光离开的,九寨用一场六月飞雪相送。

我厌恶走马观花,如同厌恶及时行乐,——我希望自己的爱能够深入九寨每一棵草根的末梢,以感知它在黑暗的泥土中如何缓慢地生长。

我走时,只珍藏了九寨的一缕风——这已足够……思念九寨的时候,我会在这缕风中闻到九寨所有的气息。

九寨沟——梦幻四季亲历记

周啸天

"九寨沟,你至少得来四次。这里的海子终年湛蓝澄澈,在阳光照射下五彩斑斓,四季之美各有千秋:春景的灵动羞涩,夏景的活力舒展,秋景的绚丽多姿,冬景的简洁宁静。不同季节来,你会有不同的美的感受。所以你至少得来四次。"

九管局的同志在见面会上振振有词地说。说来惭愧,同行中的省外作家,年纪比我轻的,都多次来过九寨沟。我这个四川人,却是第一次来。亏我多年以前,还为摄影家、《四川画报》社社长王达军题写过"九寨沟"的书名呢。那是一个大开本(260mm×370mm)高质量高规格的影集,全名叫《梦幻四季九寨沟》。我的弟弟,油画家周七说,九寨沟是摄影家的天堂,却未必是油画家的对象,那种艳丽是增一分则太蓝、减一分则太绿,意态由来画不成,只好留给镜头去表现。单凭读图,我已领略到九寨沟一年四季勾魂摄魄的姿容,真的想去,却因为诱惑太强,没有忙去。直到九寨沟发生地震,景区旅游暂停,才想起我还欠九寨沟一个约会。

约会终于来了。四年前我曾接到来自马尔康的邀请,那里是阿坝州的首府。本来一口答应了的,临时家中却出了点儿事,未能成行,不免有些遗憾。这次直接得到九寨沟的邀请,自然是机不可失了。

虽然是震后,正值枯水期,但天气很帮忙。预报连日小雨,实际上却是一雨便晴,晚雨早晴。早起完全是春光明媚的感觉。5日晚上抵达九寨沟县,住黄浦大酒店。次日早饭后,就近参观非遗展示中心。这时太阳已经照到广场上,站在大楼的阴影里,我清楚地看见对面的天空中,有半轮下弦的月亮。顿时想起武则天为自己起名所造的那个汉字——"曌"。说来也巧,这次活动人员名单中,有位工作人员也以此字起了个单名,她叫梁曌。日月并明的景色,过去我也见过,但持续时间都没有这个上午那么长——直到十一点还能看见。于是我相信武则天造字的灵感,一定来自亲眼见过类似的天文,而且以为祥谶。

活动的启动仪式结束,采风团就马不停蹄,前往九寨沟县南边的勿角乡("勿角"意为偏沟)的英各村的下勿角白马山寨观光。这是一个纯白马藏族的半山村寨,素有白马风情后花园之誉,目前处于半开发半原生态,是远近闻名的㑇舞(㑇舞意为吉祥面具舞,汉语俗称"十二相舞",应是远古"百兽率舞"的遗存之一。一般由七、九、十一人表演)之乡。车子到达山寨,已是艳阳高照。寨子里男男女女,穿上了节日的盛装,等待远方的客人。女子着装五颜六色,帽顶插着漂亮的标志性的羽毛。男子穿着镶有花边的白色长袍,扎着腰带,利落而大方。美少女跑在前头,为客人献上红色的哈达。跟上来的,是一群手捧青稞酒的妇女。地势较低的文化大院(游客中心)的坝子里,跳起了面具舞。坝子正中央,升起了硕大的火盆,为这个赤日炎炎的上午火上加油。人们围着坝子站成一圈。一个约莫三岁的小孩,走到火盆边,伸出手烤了一下。这个有趣的动作,显然不是因为冷,而是因为他懂得一个道理——火盆是用来烤手的。大人们也不失赤子之心,模仿篝火晚会的样子,沉浸在营造的意境里,手拉手唱起深情的歌曲,跳起欢快的火圈舞,情绪都很投入很放松,没有一个表现出怕热的样子。客人们纷纷加入队列,或是受到气氛的感染,或是为了摆姿势拍照。

午餐安排在临近的罗依乡,这里也有一个很大的坝子,两边设有遮阳的帐篷,桌上摆满美食和瓜果。客人们坐在阴凉的帐篷里,观看在太阳坝里表演的熊猫舞和南坪曲子弹唱。在客人中有四位省作协干部,各具半个主人家身份——因为曾经长期在阿坝州生活和工作。他们是主席阿来、秘书长张渌波、诗人龚学敏和《四川文学》主编牛放。仅此一端,就可知阿坝州与四川文学是何等有缘了。九寨沟县旧名南坪县,当地人能歌善舞,流传着许多民间小调,《采花》即其一焉。这个曲子,我是从小耳熟,但不能详(这次才知道它是南坪小调)。我的故乡渠县,在"文化革命"前,有个曲艺团非常活跃,有一群穿着绫罗绸缎的姑娘指夹筷子敲着瓷盘,能唱四川各地的民间小调,保留曲目就有《采花》。不过在当年,这首歌的主题句被改作"采花人盼着红军来",反复咏叹。这个改动非常成功,只要听到旋律,不经意就会唱出这个主题句来。我上小学时,有个极顽皮的同学叫李远华,喜欢恶搞歌词,听到这个旋律,会情不自禁地唱出一句奇怪的歌词——"菜花蛇咬到蛤蟆(这里读切马)造孽",叫人忍俊不禁。

这次我通过查询,终于看到完整的歌词,并相信它一定出自于民间。有两句歌词特逗。一句是打头的"正月里采花(哟)无花采"、另一句是"冬月里腊月无(哟)花采"。明明唱的是"采花",却有三个月"无花采",岂不大煞风景?倘若文人作词,最多只保留一句"无花采"。民歌却重复了不该重复的"无花采"。不过,实话实说,也很有趣。还有,"四月间葡萄架(哟)上开""七月里谷米造(哟)成酒""十月里松柏人(哟)人爱",说的都不是采花,未免跑题。然而,正是这些地方,表现了民间歌手的出口成章,随兴发挥,本色可爱。都不必改。改了反而太迁,反而是多此一举。

到宾主合影留念的环节,演员怀抱着琵琶坐成一排,且弹且唱。阿来、龚学敏等站在演员身后,齐声应合之。这天晚饭(已移到保华乡)进行到一半时,应主人所请,阿来又即兴独唱了这首歌。既不忘词儿,也不跑调。唱的人是唱不够的样子,听的人是听不够的样子,琵琶起舞换新声,情景十分动人。据阿来说,其实他也是现学,他记性好,又注意到当地人演唱这支歌,带些方音,如反复出现的"月"字须唱如"约"(这是个入声字),因为土,才是原汁儿原味儿。

当晚住九寨悦榕庄。山庄附近是一个高尔夫球场。这是我所住过的环境最美、陈设最考究的酒店,应是为打高尔夫球的人量身定做的。我们入住前,先坐游览车环绕高尔夫球场一周,观赏风景。沿途的草地、树林、湖泊,无不令人心旷神怡。我们在一处高地下车,这里遍地菊花,满树红叶。正值夕阳西下,使人如对秋光。我外出采风,从来只拍风景不自拍。这一次,我却坐下来,请人为我拍了一张照片。说遍地菊花并不准确,这不是采菊东篱下的菊花。手机"形色"软件告诉我,此花名为大滨菊,来自西洋,开在夏季。这里的红叶也不是一般的枫树,而是柳叶枫,正名鸡爪槭。"形色"这款软件发明得真好,等于熟读《诗经》,多识于草木之名。有人讲俏皮话,说是有了"形色",拈花惹草就更方便了。重庆诗人李元胜对我说,"形色"也不完全可靠,有一定误辩率。此言不假。我见过一位调皮的姑娘以"形色"辨人,多数情况下被告知是"人",等于不说。有一次被告知是"菠萝"——因为那人长得太胖,真是会开玩笑。

7日这天的日程安排,是用一整天参观九寨沟景区。好一个中国速度,一日看尽长安花呀。九寨沟处于群山环抱的"Y"字形山谷中,以诺日朗为中心,由树正沟、日则沟和则查洼沟组成,旅游开发区达140平方公里,景点呈梯形分布。树正沟以"树在水中生,水在林间流"为特色,是九寨沟的主沟;日则沟以钙化沉积形成堤埂,围成众多湖泊为特色,也是精华所在。由于地震对基础设施的破坏,道路正在抢修,这两条沟暂不对外开放。眼下对外开放的,只有则查洼沟,这是一条生态黄金线。九寨沟接待游客,高峰期每天可达4万人,进沟是既看风光,又看看风光之人。近来每天只许进2000人,可以专心看风光了。

明代旅行家徐霞客说:"登黄山,天下无山,观止矣。"后人演绎为:五岳归来不看山,黄山归来不看岳。今人又演绎为:黄山归来不看山,九寨归来不看水。可见,水于九寨沟,是造化神秀之所钟,是其得天独厚之所在。

悦榕庄早起,就看到了九寨沟之水的一种形态——云海。因为夜雨晓晴,雾气蒸腾,云从半山腰慢慢涨起,漫延开来,填满了沟壑,一时水漫金山。在黄山或峨眉山看云海,云顶的高度低于山顶,犹如站在大海之滨,对着茫茫云水,日出的景观尤为壮丽。悦榕庄却不同,因为地势偏低,看到的是云海滔天,附近的山头就像一个个海岛,旭日的光芒从云层后透射出来,天空的光线层次显得极为丰富。我向前走去,见崖边坎上站着一人,从背影认出那是牛放。他的光头、中式白衣和略显富态的身材,由于云海的衬托,更像一个得道的高僧。我吆喝一声,他就回过头,露出了特有的慈眉善目,我抓拍到一张照片。

　　九寨沟之水的主要形态,当然是海子和瀑布。从成都到九寨沟县,我们乘大巴而来。到达目的地,即分乘三辆中巴。这天,我们经过了荷叶寨、火花海和树正寨,进入则查洼沟。经过下季节海和上季节海,抵达该沟最远处的景点——长海。当天下车观赏的景点,依次为长海,回头路上的五彩池,还有双龙海瀑布。九寨沟丰富的地下水,通过喀斯特岩石的作用与过滤,溢出地表,极为清纯,湖水在阳光的照射下,成为艳丽的碧蓝。湖底的钙化沉积和藻类,对阳光的选择性吸收和反射,使湖水色彩的层次极为丰富。长海是九寨沟最大的一个海子,全长7.5公里,深处可达八九十米,靠冰碛物阻塞成湖。海边伫立着一棵独臂老人柏,左边光秃秃,右边生长若干虬枝,也被人形象地称为旗树。雨后艳阳,天公作美,客人们沿着长海边的栈道,一边步行,一边拍照,一边将照片发到朋友圈里,群友见之,无不惊叹九寨沟居然是这样的空阔而宁静。

五彩池也是冰碛堵塞湖,其水来自长海,是个玲珑剔透的水池,水深六七米,常年面积五六千平方米。由于水底生长着大量藻类并有钙化沉积,在阳光照射下呈现黄、绿、青、蓝、紫等色彩。由于是枯水季节,水池面积大大缩小,在森林栈道的包围下,更像是神仙遗忘在大千世界中的一个笔洗。双龙海瀑布景观并不大,没有诺日朗瀑布、树正瀑布那样的名声,瀑布从凹凸不平的山坡上泻下,形成数十重泉流,亦备极生动,慰情聊胜于无。

这天的午餐安排在陵江乡的羌活沟,这是一处深山老林,有公路可通。我坐在副驾的位置上,视线开阔,道旁茂树成荫,道路从中穿行,所见风光爽极。不时会看到一些废弃村落,在丛林里吃草的牛犊和小马。司机说,这里的牲口都是敞放,自由自在,无人看管。因为政策很好,老林里的居民已迁到山外,过上便利的生活,这里就成了寂静的山林。车子开到山脚的一处草坪,周围已停着若干小车。草坪边上一字儿搭设临时的帐篷,桌上摆满瓜果、土豆、荞麦饼和餐具。草坪中央有两个烧烤架,吱吱嘎嘎地转动着,正烤全羊呢。空气中弥漫着羊肉的香味。有人唱起动人的歌曲,歌声在林间回荡。客人们坐到桌边,品尝新鲜的车厘子,一边随兴交谈。工作人员提来大桶羊杂炖萝卜汤,专人司瓢,用一次性纸质汤碗逐个为客人添汤。汤碗上桌,撒一把葱姜香菜。就着汤进美食。用四川话说,那真是不摆了。

8日从九寨沟县返回成都。夜里下过一场暴雨,清早又是晴天。有人担心塌方,牛放却很老道地不紧不慢地说,如果连日下雨,岩石的缝隙涨满了水,是很容易出现塌方和泥石流的。一雨便晴,岩缝里的便不饱和,反而有黏合作用,把土石黏得紧紧地,比较安全。当然,这事还得看运气。

大巴车过了上寺寨,海拔逐渐升高。便看到两边的树林,缀上了星星点点的白花,细看是雪。车往前开,积雪越来越多,不光树上有,地上也有。司机说,这一带昨夜下了暴雪。车上的人望着窗外的雪景,无不惊喜莫名,都想停下来拍照。司机说,前面还有好的呢。果然,道旁树上的积雪越来越多,全都像塔柏似的,分不出谁是谁。峰回路转,有时看见远处的雪山,近在眼前。大巴车一直上到弓杠岭,才停下来。原来这是山脊,道路比较宽阔,不妨碍交通。司机也不限时间,让大家尽情赏雪,合影,到树后方便。美女们下了车,又上车,换上鲜艳的服装,选一块雪地,团起雪球扔向镜头,回到了儿时的样子,个个不怕冷。其实也不冷。季节毕竟在那儿,树上的积雪一见阳光,已在滴水,却没有冬季化雪的冷。从上寺寨到弓杠岭,约有40公里路程,好一派北国风光。大巴车再行,到达松潘县岷江源头,仍是大雪弥漫了三千界,完全认不出来时的样子。是人都说,这样不期而遇而又酣畅淋漓地赏雪,从来不曾有过。

于是想起《梦幻四季九寨沟》那个书名,说的是一码事;我说的则是另一码事。在短短三天中,我们梦幻般地经历了春夏秋冬四季景色。春水满四泽,夏云多奇峰,秋月扬明辉,冬岭秀孤松,全都有了。曲终奏雅,还遇上了六月雪。古人说六月雪是冤,而我们的感觉呢,是一点儿也不冤。

圆形欢乐

罗强烈

在白马人的语言中,"勿角"是深沟、偏沟的意思,几乎深和偏至世界尽头:以世界之广阔和人生有限计,我能够来到九寨沟县勿角乡英各村,肯定是一个小概率事件;但是,我能够在九寨沟县勿角乡英各村,触碰到我心中那个充满诗性光辉的生活主题,又应该是一个纪念性事件。

英各白马古寨,就坐落在"勿角"这条深沟偏沟的山腰上:后山顶上有一组象形山石,被天光勾勒成一只山鹰,只是一时很难分清,山鹰是要敛翅歇息还是展翅欲飞;一村白马人聚族而居,随山形走势造屋,逶迤错落在山间树丛里;一块半个篮球场大小的平坝,俨然就是英各的中心广场;广场边沿翼然而立的伞形青杠树,说是有2000多年树龄,以神树的尊荣挂满了红布条,"树古当户",这棵树能让人感受到英各的年轮与岁月。

1949年后,政府对全国少数民族进行普查,报上来数百个民族,但最终被确认的却只有55个,白马人被贴上了"藏族"的标签。从贯穿2000多年的历史文献来看,作为最早被司马迁称为"氐"的白马族群,延续性非常清晰稳定;迄今为止,白马人都不与外族通婚,包括藏族;白马人虽然没有自己的文字,但有语言,也与藏语不同。——2012年,复旦大学现代人类学实验室对白马人进行脱氧核糖核酸研究,发现白马人是东亚最古老的部族,与藏族并不同源,其祖先应该来自氐羌。

所谓民族与民族的区别,从人类文化学上说,就是生活方式与生活方式的区别;我之所以强调白马族群的独特性,也是为了强调他们生活方式的独特性。

九寨沟、平武和文县,今天虽然分属四川和甘肃两省,但实际上山川相连;在东汉时期,九寨沟为甸氐道,平武为刚氐道,文县为阴平道,均为四级县,同属广汉郡,而且东汉政府还曾把"三道"从广汉郡中分出来,合置为广汉郡属国,专门设都尉管理。白马人就生活在这三县交界的岷山东端的摩天岭中。据2015年统计,整个白马族群只有两万多人,但是,这个族群却有着非常悠久而独特的白马文化。

白马文化中的"佁舞"是国家级非物质文化遗产。"佁舞"是白马语,意思是吉祥面具舞,汉语称为"仿兽舞"和"十二相舞",其舞蹈理念源于白马人的"万物有灵"信仰。"佁舞"的拟兽舞蹈特征表明它是远古"百兽率舞"的遗存之一:其领舞者戴的是号称百兽之王的狮头面具,其余舞者所戴面具,依秩为牛头、虎头、龙头、豹头、蛇头、鸡头、两大鬼、两小鬼——其中"跳小鬼"是双人舞,代表一公一母,"母"者为男扮女装,整个舞蹈展现出白马人的男欢女爱情景。

英各是中央政府钦定的"佁舞"原产地,然而白马文化中最动我心者，却是完完全全生活化的火圈舞。——火圈舞又称"圆圈舞"，白马语称为"呆舟"，因舞曲中最具代表性的唱词，又得名"俄斯劳"，火圈舞是白马人最喜欢的一种自娱自乐的集体舞蹈，经几千年岁月传承积淀，火圈舞理念已经溶化为白马族群的生活基因；当它与我心中那个充满诗性光辉的主题共鸣后，被我誉为白马文化之魂。

那天我在村口把白马人献的黄色哈达围上脖子，沿着一条石板小径，来到有神树如盖的英各中心广场：为了欢迎我们这些远方客人，英各人在广场中心燃起篝火，四五十个青年男女，早已围着篝火跳起了火圈舞。

正所谓"心有灵犀一点通"，火圈舞猛一下打开了我关于这个主题的记忆。

我 1987 年从阿纳森那本风靡中国的《西方现代艺术史》上看到马蒂斯《生活的欢乐》后，立刻就被这个主题所吸引。《生活的欢乐》直接源于 1905 年夏天马蒂斯在西班牙边境柯里欧尔渔村的生活，同时也与欧洲人头脑中萦绕的那个摆脱尘世烦恼的神秘乐园阿尔卡迪亚密切相关。这幅画由两个大小不同的圆形构图组成：外围圆形的人物无论姿态还是造型，经画家富有装饰意义的手法加以安排后，都充满了欧洲画家笔下一直以来的酒神狂欢精神；这个欧洲造型艺术中的传统母题，从贝尼尼、提香，到鲁本斯、普桑，再到安格尔、修拉、高更……这幅高度简化处理的油画，内圈圆形是 6 个手拉手的女人体组成的圆形舞蹈，是该画的"欢乐之眼"。——3 年之后，受俄罗斯收藏家史楚金委托画大型装饰画,马蒂斯又把他的"欢乐之眼"单独提取出来,只是女人体由6个精简成5个,主题仍然是手拉手的圆形舞蹈,这幅新画就命名为《舞蹈》……当我多年后在圣彼得堡的博物馆中看到《舞蹈》原作时,那个由抽象线条和色块构成的群舞,绘画语言更为动感环流、自由奔放,它以其内在生命感和所洋溢的生命欢乐,激起我对现实生活的关注和寻找。

《现代汉语词典》告诉我们,快乐是感到满意或幸福;欢乐也是快乐,但欢乐多指集体的快乐。千百年来,中外作家艺术家经常表现冲破孤独和寂寞的个人快乐,然而,马蒂斯追求的却是一种集体性欢乐。——白马人的火圈舞,与生俱来就包含着这种集体欢乐基因:这也正是火圈舞主题所充满的诗性光辉。

从一开始我就感到,我们几十人坐着考斯特汽车来"勿角"这种集体采访方式,根本接触不到生活中的火圈舞,只能看到一种表演性的火圈舞,就像没有地气的水泥地、没有云雾的盆景山、没有露珠的塑料花……所以,我一直在借助记忆和资料小心翼翼地设计,要以一种完全生活化的方式重新走进白马人的火圈舞。

在我的设计中,走进白马人的火圈舞,时间的选择是一个重要因素。比如明代人张岱所记越人扫墓风俗,男人穿着盛装,女人浓妆艳抹,重视活人而忽略祖先……300多年下来,过了那个时间段,如此雄强浪漫的风俗也消失得无影无踪,就连绍兴土生土长的知堂老人,也已经不知越人扫墓时所用的"平水屋帻船"为何物了。——要走进白马人生活中的火圈舞,从时间选择上应该排除现代文明的冲击,截止于九寨沟因风景绝美而为世人所知之前也行;如果再挑剔一些的话,还可以截止到1949年。

我们已经知道,四川绵阳市的平武和甘肃陇南市的文县居住有白马人,他们是英各的远客;九寨沟县的白马人主要分布在马家、草地、勿角、郭元、罗依、双河和安乐等乡镇,居住在这些乡镇的白马人,则是英各的近亲。

那时的英各,仍然生活在四时轮转、节日交替的农耕时代,他们的近亲也生活在这个时代,如果他们踏着节日的节拍来到英各,就应该是骑马或步行。他们来到英各的时候,如果有朝霞或夕阳笼罩着山川呢?朝霞和夕阳都很温柔,也很通透,它们能够改变漫山遍野植物的颜色,能让绿的更绿,黄的更黄,红的更红,总的说像着了一层童话色彩,和即将欢聚的青年男女的心情相一致;如果此时正好也有蟋蟀领唱,大提琴一样低沉,阳雀和斑鸠的附和像长笛和定音鼓,那么,漫山遍野极富穿透力的知了声音,就和小提琴一样从树梢上飘逸而来,演奏起立体的大自然奏鸣曲。

他们和用阳雀叫声联系来的英各青年男女,在神树下的广场燃起了篝火。也许此时月亮也升起来了,月光如水,明媚清亮。大家围绕着篝火携手踏歌、眉目传情……这样程复一程的火圈舞跳过后,你情我愿的青年男女,就可以钻入春深似海的丛林中了。

承载爱情只是火圈舞的一个功能,火圈舞承载着白马人生活的方方面面,充分体现出集体欢乐这个主题的广泛性。——无论是节日喜庆,还是嫁娶迎宾,村寨男女老少都会聚在一起跳火圈舞:妇女身着绚丽彩服,男子穿上潇洒长衫,篝火蓬勃旺盛,人能来多少圈子就围多大,火与舞完美渗透,男和女相映生辉;当然也有耄耋老人和垂髫孺子,围着篝火其乐融融……白马人火圈舞的境界,正所谓"黄发白首,齐醉歌舞"。

历史上的火圈舞,传说从农历腊月初八到正月十七,一直要持续跳40天,这也与白马人所处四时节气中的农闲时段相一致。每天晚饭后,青年男女唱着"凑柴歌"挨家挨户凑柴,每到一处都会得到热情支持。凑来的柴块堆放在广场中央,燃起篝火,然后全村不分男女老幼和贫贱富贵,都手拉手围着篝火跳起火圈舞。

其实,无论春夏秋冬或白天晚上,都可以跳火圈舞;当然,以在月亮下跳最有情趣,甚至可以通宵达旦。通常是篝火燃起时,由能歌善舞的长者领头,男前女后,沿着顺时针方向围着篝火载歌载舞;其舞蹈风格古朴典雅,以身体的前俯后仰、轴向转动为主要体态特点,以踏跳步、并跳步和垫跳步为主要舞步;曲调常有纯四度上行的装饰音,最为突出的特点是切分音连续出现;唱词则丰富多彩,几乎涵盖了白马人生产和生活的全部内容。

白马人跳火圈舞的时候还特别爱唱酒歌,又叫酒曲子,白马语称为"朝西特各"——歌引酒兴,酒壮歌魂,酒歌四起,歌飞酒酣……此时,这个族群的生存状态,难道不像哲人也向往的"诗意栖居"?

唱酒曲子要讲究规矩:成年人按年龄尊卑入座,依一定歌曲顺序演唱;每首歌由男性长者领唱,男人们应和,到第二句女声加入——男声粗犷雄浑；女声清脆嘹亮，还带有明显颤音，以略微加花的高八度飘浮在男声之上。"男声太莽，没有女声不好听。"——白马人这种以男声为基础、女声加花合唱的集体歌唱，使有些歌曲已经初具复调特征；而复调音乐，哪怕就是复调因子和复调特征，几千年的汉族音乐史也从未出现过。

行文至此，我似乎又从气象万千的大唐文化路上，看到"胡歌""胡舞""胡琴"音韵妙曼、仪态万方地过来了……氐之后裔白马人也跳着火圈舞过来了，他们创造出360度天衣无缝的集体欢乐形式。——人类从乡土走向都市，但却总与自己的都市邻居擦肩而过，成为永不相交的平行线……这个主题无数现代艺术家表达过，我从大娄山到北京定居几十年也感受过；那么，跳火圈舞的白马人何其幸运：他们在岷山东端的摩天岭中聚落而居，他们的火圈舞给生活创造的"圆形欢乐"主题，或许能成为现代人类的一种救赎。

循道：九寨沟散记

赵月斌

都喜欢山

离开九寨沟时，没想会有雪。正是六月，头一天刚下过雨，路两旁山上净朗郁翠，洗过一般，显得澄澈通透，山间的白云也闪着清凉的微光。过了九寨沟沟口，随着地势逐渐抬高，一座座雪峰突兀而出，众人连连惊呼。便招呼司机师傅，想要停下来，好好看一看。师傅却不着急，只说前面更好。于是继续前行、爬升，海拔越来越高，雪也越来越近，不知不觉，便驶入雪境。刚才雪只见于高高的山顶，一眨眼，雪便覆盖了整个山野。山成了雪山，路成了雪路。路旁林木被积雪压弯，枝叶低垂，甚至倒伏在地。原来，沟里下雨时，山上却在下雪。我们错过了下雪，却不知雪就在高处等着。

行至一开阔地带，车停下来。这是一片山间坡地，眼前的树木草地一派银装素裹，远处的雪山更显圣洁肃穆。人在天地之间，只觉造化神奇，好像突然就被升华被净化了。此时此刻，只想安静地站一会儿，深呼吸，极目远眺，但见山河岑寂，旷野无涯，渺然如我者尽可遁入这万古苍茫之中，化作浩瀚大雪里的一点白,化作寥廓长天里的空和无。置身于此,自当放空身心,什么凡尘冗事,什么成败得失,皆可抛之脑后,四极之内不识四极,八荒之外无论八荒,只有了无挂碍的风值得消磨,只有这片刻的停歇值得虚度。大概就是在偶然暂停的途中,在这片不期而遇的雪地里,才可能让人无知无识,忘物而忘我吧?

准备上车时,看到有人买了一包土产,一根一根的,像草芽,七八厘米长,发白,有点微微的绿意,根部发黑,还带着点土,通体生刺,样子很怪异,如微雕的狼牙棒。老乡说是这里的雪茶,只有海拔3000米以上的雪山才能采到,有降血脂降血压等疗效。我故意笑问,有这么神奇吗?她马上说,不信你上网查,雪茶很好的。我倒不在意什么疗效,就是觉得它长在3000多米的雪山上,样子又特别,便买了几把,就当是带上了不落尘俗的高冷之物。

刚到成都住下,便迫不及待泡了三根雪茶。不一会儿,原本干枯的茶梗就舒展开来,变得粗胖了些,草绿色几乎褪尽,愈显发白,唯根部发黑,通体中空,飘在杯里如三棵新出土的嫩芽,大概它们长在雪山上就是这个样子吧。喝下一口,茶味清口甘洌,微微有点苦,因为带着根,还有一点儿土腥气,不过这就是原汁原味的雪茶吧。回家后,上网查得:雪茶,别名地茶、太白茶、地雪茶,乃地衣类地茶科植物,状如空心草芽,长约3—7厘米,粗1—3毫米,重量极轻,形似白菊花瓣,洁白如雪,因此得名雪茶。雪茶分为青雪茶(红雪茶)和白雪茶两种,藏语称之为"夏软",纳西话叫作"阁楞",意为"岩石上的茶"。由于是天然野生,不能人工栽培。雪茶清纯爽口,其味略苦而甘,是难得的保健饮品。有清热生津,醒脑安神,降血压、血脂等效能。还看到介绍说它可以"清心开窍"——此效于我倒是对症,以后泡几根雪茶,就等于饮下慧根,或许能让我不再那么愚钝,并可预防老年痴呆呢。

雪茶多产于云南的玉龙雪山、牦牛山、药山等海拔数千米的高山上,殊不知也出于九寨沟——我们经过的弓杠岭。弓杠岭位于九寨沟县塔藏乡,垭口海拔3690米,因其岭如弓之杠得名,藏语之意为"都喜欢山"。当然,这里有雪,有雪茶,有无尽的浩渺空灵,谁不喜欢?

羌活沟

从九寨沟景区出来,天已过午,去某地体验户外烧烤。车辆沿着白河岸边的309省道向东走了约20公里,过黑河塘大桥左拐,沿黑河继续向北,河道弯弯曲曲,路也七弯八拐的,并且越来越窄。两旁山头林立,不时可见白得耀眼的瀑流从半山间倾泻下来,路边的灌木和草地一尘不染,朽木倾倒于地,野花自顾开放,像是从来没人打扰过,显得清寒而寂寥。只感觉车厢里满载俗尘,车窗外便超然世外。这样的天地、这样的路途,很容易失去方向感,不过也无须辨清方向,就在这样的天地间恍惚迷失好了。

如此晃晃悠悠不知走了多远,车子终于拐到路边,停了下来。一下车,便觉豁然开朗,眼前是一片开阔的草坪,不远处有一条哗哗流淌的小溪,四周则是群山环绕,我们深陷于葱郁草木的重围，连吹到脸上的风也是绿色的。草地上早已搭好了帐篷，摆好了桌椅，两堆烟火上烤着整只的羊和鸡，一口大锅里煮了羊杂汤，空气里弥漫着烟熏火燎的烤肉味，这种阵势分明就是要大家甩开膀子大吃一顿的。于是，盛汤喝汤，分肉吃肉，好像谁也顾不上节食瘦身，顾不上吃相如何，一阵风卷残云，大快朵颐，不一会儿都吃得满头大汗肚饱腰圆。不知何时飘起了蒙蒙细雨，大家反而走出帐篷，在草坪上随便站站走走。烤肉师傅还从大骨上剔下剩余的肉，笑眯眯地让人再尝尝，无奈我们都是眼馋肚饱，只能流着口水狠心拒绝。

来到溪边洗手，水凉得彻骨。水面不宽，一步即可跨过。此处大概接近源头，是黑河的一条支流。回去的路上，才想起问这里的地名，方知叫作羌活沟。"羌活"二字让我好奇，原来是一味有名的中草药——又名羌青、护羌使者、胡王使者、羌滑、退风使者、黑药。根茎入药，可发汗解表，又可祛风湿而止痛。《本草纲目》说它"以羌中来者为良，故有羌活、胡王使者诸名"。传统中医方剂羌活散、九味羌活汤即是以羌活为主药。这种多年生草本植物，高可达 120 厘米，根茎粗壮，复伞形花序，分布于陕、甘、川、青、藏，生长于海拔 2000—4000 米的林缘及灌丛内。遂记起羌活沟的路边，似曾看到一些开着伞状小花的植物，或许就是羌活，羌活沟大概因此而得名吧？

百度搜索羌活，才知道，2017 年 8 月 8 日，九寨沟地震震中就在羌活沟经大录乡到若尔盖之间。这一带人烟稀少，地震才没造成大量人员伤亡。位于大山深处的羌活村的进山道路坍塌，18

名进山采药的村民失联,后被救援队全部找回,无一伤亡。另外还看到,就在不久前的7月10日,羌活村又遭强降雨,通村公路、通讯、电力等基础设施全部失灵,这个山中小村成了进不去出不来的"孤岛",经过人们连续三天的抢险救灾,羌活村再一次活了过来。了解到这些,不禁为那次的进沟汗颜,我们匆匆来去,只顾得大饱口福,何曾在意那一场烧烤会不会污损了那里的水土,何曾在意那里有什么村落民居,何曾在意羌活沟里有羌活?

九寨云顶

中午,从勿角乡来到罗依乡的九寨庄园。听原汁原味的"南坪小调"。十几位民间艺人,前面一排七人弹南坪琵琶,后面一排五人敲碟子,唱的正是传统曲目《采花》:"正月里采花无哟花采,二月里采花花哟正开,三月里桃花红哟似海……"——广为流传的四川民歌《盼红军》就是据此改编的。一听到这熟悉的曲子,便有人禁不住凑上前去,也跟着轻声唱和着,好像只要一开口,真的就有花开了。接下来,省级琵琶制作和演奏非遗传承人刘玉平老人又弹起了自制的琵琶,陪同我们的当地姑娘张岚独唱了一支花调《放风筝》,优美的曲调、清扬的嗓音,直让人如醉如痴。九寨沟素有"琵琶之乡""民歌之乡"美誉,如今亲眼所见,果然名不虚传。

九寨沟县原名南坪县,"南坪小调"——又称南坪曲子、南坪琵琶弹唱——因此得名。据考,这种极具川西北地方特色的民间曲种,是以甘陕移民带来的"文县琵琶"和"眉户清唱"为基础,融合川北等地民歌,吸收当地藏族、汉族、回族的民间音乐素养而形成。它以自制三弦琵琶为主要伴奏乐器,有时也用敲碟子、碰响铃相配合。主要流行于汉族聚居区和汉藏杂居区,无论男女老少普遍都会弹唱。所以,每当逢年过节、劳动闲暇、婚嫁喜庆,村人常常三五相聚欢唱至深夜。当天晚上,在保华乡土门村,我们便拥有了一段欢乐时光。

在一个露天的院子里,吃当地菜、喝当地酒。几个上了年纪的老人,以苍凉的声音唱了一支《采花调》,听来如经年陈酒,格外妥帖入心。带队的阿来先生来了兴致,也要唱一唱《采花》。刚开口唱了一句"正月里采花无哟花采",大家热烈鼓掌叫好,没想到第二句突然忘词儿,卡在"二月里……二月……二月"唱不动,他自己也忍不住笑场了。这时村书记上来解围,和他一起唱起"二月里采花花哟正开",人们也都打着拍子,同声唱了起来。整个土门小村沉浸在欢歌笑语之中,意犹未尽的阿来先生又用藏语唱了一首祝酒歌,把土门村的夜晚唱得热火朝天。

夜宿九寨云顶。九寨云顶位于九寨沟县城附近海池山上的悦榕庄。下午顺着弯弯曲曲的盘山公路来到山上时,便感觉进入了太虚幻境。这里海拔约2500米,毗邻清澈见底的海子,大片的原始森林,住在这里,即便不是神仙,应该也离神仙不远了。夜半时分,遽然电闪雷鸣,风雨大作,远方的山影在闪电的照映中忽隐忽现,把阒寂的悦榕庄映衬得恍然如梦,让人忘记了随风雨流逝的时间。窗外风雨惊雷,心里却是踏实的,身在梦境之中,连梦也懒得做了。山顶只一夜,胜似人间多少天。

一觉醒来,就见周遭云雾翻涌,悦榕庄隐浮在无边的云海雾气中,人也飘飘忽忽的,像是羽化升仙了。云顶虽好,终非久留之地。车子一路蜿蜒,穿云过雾,奔山下而去。有人哼起了《采花调》,把我的心带回凡间。

白马山寨

参观九寨沟非遗展示中心时,注意到这里的方言。藏语分南北,北部的安多藏语和南部的嘉绒藏语,二者差别很大,相互听不懂。通行的汉语则是南腔北调,九寨沟虽然面积不大,却不断有甘肃、山西、宁夏、陕西、东北、江浙等外来人口定居,西北话和江南话与当地话融合,因其地理空间相对封闭,从南北方向传入的语言得以长期保留,遂使当地方言兼有南北语言特点,是一种典型的"中混语音"(中间型混合语音)。所谓"南坪不像川",就是说九寨沟人说的话不像四川话,倒像甘肃话。这里用"将"表示"刚刚","他将走"即"他刚走";用"喜不"表示"很""非常","喜不好"即"非常好"。有意思的是,我老家山东的一些地方也有类似的方言,看来九寨沟虽远,说不定也和山东存在某种渊源呢。

出九寨沟县城,沿白水江、汤珠河,一路向南,大约30公里,来到县境最南的勿角乡英各村。勿角,即地处偏沟之意,英各村更是偏中之偏了。英各村又叫白马山寨,全村30多户人家,人口不足两百。这是一个典型的高半山白马藏族聚居村落,房屋依山势而建,小青瓦,斜屋面,木质穿头结构,屋脊上皆饰以白色的羽毛。一进村,便有村民献上红色的哈达,捧上了酥油茶,他们的毡帽(沙嘎)上都插着白色羽毛。这白羽取自锦鸡颈羽和雄鸡的白色尾羽,传说古时候锦鸡曾经救过白马人,所以他们祖祖辈辈都在毡帽顶侧插上鸡翎,以示纪念与吉祥。

  村民载歌载舞,把大家迎至村中的小广场。那里早有人头戴龙、虎、牛等动物面具,跳起了身姿矫健、动作粗犷的"伖舞"。伖舞是传承并流行于九寨沟白马人的民间舞蹈,白马语称"咒偶",咒即跳舞,偶指面具,咒偶也就是跳面具舞之意。通常共有12种面具,所以又被当地汉人想当然地叫作"十二相舞",其实它与12生肖并不完全对应。伖舞原是一种祭祀性舞蹈,每年正月初五至十五日都要表演,有祭祀神灵、祈求保佑和驱鬼避邪之意。后来祭仪逐渐淡化,成为一种娱乐性的舞蹈形式。表演者模拟各种禽兽动作,如追打扑食、栖息藏匿、惊惶奔逃、鹰隼展翅和猛虎跳跃各状,后来由于技艺失传而稍显单调。虽然我们只看到三五人表演了几分钟,却也不失朴拙大方、热烈奔放。紧接着,盛装的村民围着火堆跳起了火圈舞,很多人也忍不住加入其中,大家手拉手边唱边跳,绕出的圈子越来越大,小广场盛满了歌声与笑声。好像所有人都没有隔膜,所有人都没有分别,这个白马山寨尽显宽容祥和。

  小广场旁边有一棵绿荫如幕的老树,树枝上挂满了哈达,树前的土丘焚烧着香火。白马人信奉万物有灵,有着广泛的自然崇拜,日月星辰、山川草木乃至一块石头、一块骨头,都可能成为备受崇拜的灵异之物。这不,小广场西边的出口处,就矗着一块苍色巨石,刻了"青岩爷"三个大字,石侧生一树,也挂着很多哈达。"青岩爷"实为一座凸起的石丘,上有一座小庙,供奉着青岩爷神、恶佛爷神、九天神母、上天同志等白马宗教神图,可惜只有每年的正月初一至十六日才可进庙烧香,我们无缘瞻谒诸神尊容,只能仰之望之,抱以满心的敬畏。

与青岩爷隔路相对的,有一巨大神树——"青杠古树"。此树高寿超过2000岁,是目前全国人居村寨发现的最大的青杠树。青杠即槲栎,又名橡栎、白栎、大叶栎,属山毛榉科落叶乔木。叶片长椭圆状倒卵形,叶边有波状粗钝齿,是很漂亮的观叶树种。刚才在广场旁边和青岩爷石头上见到的大树也是青杠树。这棵2000多年的老青杠堪称树王了,神奇的是,就在它的树干上,竟然长出了一个傩舞大鬼的面具图像。据传,白马人祖先就是在此祈祷,感动青岩爷神收服了白母恶神。现在,白马人凡有求福求贵、消灾消难、生儿育女、考试升学等事,都在这里烧香许愿,往往有求有应,非常灵验。我也和大家一样把哈达挂到了树枝上,但请慈悲的树神保佑白马山寨,保佑九寨沟,保佑无尽的远方和无数的人们。

走到村口,又看到一棵"姜朴神树"。据树下铭文介绍,此树树龄1200余岁,树皮为中药,可治多种疾病。"每年春天,古老巨树上开满粉白色花朵,美不胜收。"看其叶片像是玉兰,后查中药

"姜朴",又名姜厚朴、川厚朴、制厚朴,为木兰科植物厚朴或凹叶木兰(凹叶厚朴)的树皮或根皮。凹叶木兰是中国特有的一种高大落叶乔木,主要分布于四川、云南等地。英各村的"姜朴神树"当为凹叶木兰。这种树长到20年以上方可砍树剥皮制成药材。作为药用的姜朴不但可以健胃助消化,有广谱抗菌之效,还有调节平滑肌、抗溃疡、中枢抑制、降血压、抗病原微生物、抗肿瘤等作用,基本上没有毒副作用。无怪乎"寨子里的人靠这棵树治病救人,健康长寿""人们对此树顶礼膜拜奉为神树"。足见"神树"之名并非凭空杜撰,而是来自世世代代的切身体验。如此神树,实在令人钦羡,所以离开的时候,我悄悄捡了一片地上的叶子,希望能够带上一点白马山寨的神气。

如今,这片叶子已经干枯发黄,我却感觉它是活的,看到它,就像重新回到了九寨沟,回到了英各村,就像遇到无所不在的神灵。所以,拥有神树的地方是有福的。拥有一片树叶的人,也是有福的。

聚宝山

一早从成都出发,没想到九寨沟那么远。过映秀、汶川,看到一些山脊还裸露着十年前的创伤,再往前经茂县、松潘,不时遇到滑坡落石,没想到去往九寨沟的路那么难。下午跨过岷江,翻过海拔3850米的高山斗鸡台,终于进入九寨沟县境。路就修在两山之间,顺着一条不知名的河流逶迤延伸。现在的交通条件已经相当不错了,仍然让人望而生畏,过去没有这样畅通的大道,去一趟九寨沟真的难于上青天?

从地理位置上看,九寨沟位于四川北部高原岷山山脉南段,地貌属高山深谷类型,峰峦叠嶂,山脊陡峭,河谷幽深,绝对高度和相对高度都很大。山岭区海拔一般为3500—4000米,相对高度约为1000—2000米,全县超过4500米的高峰就有七座,最高的朵尔纳峰4764米。河谷区通常海拔较低,从西北到东南约由2700米降至1160米,有一些小的山间盆地、河谷冲积平原,是人们赖以栖居的活命之地。九寨沟县城驻地就在白河下游河谷之中。事后我才知道,白河即发源于斗鸡台,我们便是沿白河顺流而下,进入了九寨沟县的山谷腹地。著名的九寨沟景区也是典型的河谷地貌,其中的海子溪流最终汇入了白河。应该是快接近景区的时候,有一段道路完全毁弃,车辆只能从临时搭起的浮桥上通过。有人指着路边的一片废墟,说是有名的九寨天堂大酒店。那里如此颓败不堪,几乎没有一丝活气,大家不由得捏了一把汗,震后的九寨沟还好吗?

就这样心悬忐忑又在河谷里穿行许久,通过一隧道,视野顿时开阔,道路渐宽,楼舍俨然,好像一不小心闯进了桃花源。有人说,过此隧道,就意味着进了九寨沟县城。晚8点,用了将近12个小时,总算到达目的地。晚饭之后,几个人出去散步。住处的马路对面就是水流奔涌的白水江。沿河东岸往南不远,是一座人行斜拉景观桥,主塔为琵琶造型,我还注意到,路灯立杆基座的四周,也都画着琵琶。过桥后沿西岸向北,有一普法主题的法治文化长廊,除了浮雕、碑刻,还有一些名人的塑像。我对这种大大咧咧的文化景观实在不甚了了,反倒是不远处一座灯影幢幢的小山显得静穆森然,点点光晕透出一股神秘气息,让人心生向往。

回到住处,发现房间外的观景平台即可远眺此山,可以隐约看到山上好像是一座寺庙。原来,此山名曰聚宝山,海拔1560米,在当地算是矮山了,却也比有名的泰山高了十几米呢。山顶庙宇名为凤成寺,该寺始建于清嘉庆十三年(1808年),后屡经兵火毁坏,1985年恢复重建,是九寨沟县唯一一座汉传佛教寺庙。实际上,这里不光有天王殿、华严殿、大雄宝殿,还有玉皇楼、三皇殿、地母殿,当是佛道两教共聚一座山,同成一座寺。

我无缘登山拜寺,只好借前人所述想其大概。清人徐芷升(徐步蟾)作《重修聚宝山》有曰:"邑南郊,越遇仙桥,有一山名聚宝,其形耸翠,其径曲折,山巅平阔。建有庙宇,神圣威灵,感应靡方。每年正月初九日,城乡善男信女,焚香朝拜者,络绎不绝,洵足为一色之屏障,阖境之壮观也。""……栋宇森然,高出云汉之上;神像威严,普照世界之中。凭栏遥瞩,两溪萦洄,潺潺之声盈耳;群峰对峙,巉巉之势满目。幽人骚客游此,莫不心旷神怡,恍然此中必有天地焉。"

离开九寨沟后,还遗憾未能看看有"秦川锁钥"之称的柴门关。此关位于县城南端川甘交界之处,也是秦蜀古道的重要关隘。这里下临白水江急流,上为柴门岭峭壁,自古为"西蜀之保障,亦全川之咽喉"。唐宋时期由陕甘入川的古驿道"西山道"即是从长安出发，经凤翔、凤州(凤县)至甘肃成州(礼县)、武州(武都)、文州(文县)，过柴门关进入抚州(南坪)，再至松州(松潘)而达吐蕃。西山道全线驿程2160里。其中，南坪至文县官道驿程160里。南坪至松潘官道驿程360里，我们从成都过松潘到九寨沟所走即为此路。此外，还有南坪至玉瓦官道，即沿白水江另一支流黑河溯河而上，从经陵江、尚安县(头道城)、玉瓦关(四道城)，再向北出黑河，可至甘肃芳州(迭部)，驿程330里。

  在我原来的想象中，九寨沟万山环峙，有一条像样的出入通道就不错了。未料这样一个"四面皆番"的"诸羌之地"，不仅没有画地为牢成为"不与秦塞通人烟"的巫咸国，反而不畏险阻，开山凿路，八面来风，把畏途巉岩踏成了聚宝之山。

九寨沟的诗作

李元胜

绝境:重读九寨沟

天空一跃而下,群山失去指针……
像我们突然的慌乱

溪流站起,像玻璃之树身披朝霞
而倒下的树,还在不甘心地
死死揪住记忆

那些经历漫长跋涉的水
像我们一样犹豫了,差一点
就交出了毕生收集的蓝色

绝境啊绝境,无路可去的山水
裸露出大地之轴

时间起落,时如大浪

在我们的心里缓缓淘沙

时如山河倾覆

万物不存

绝境啊绝境,煎熬中的人

在此刻推倒了心中的熔炉

那汹涌而出的

是他曾苦苦守护的

这是上苍的慈悲

选中他承受生死交替

也选中他看一回绝世之美

2018年6月7日

树正寨歌谣

那长在大树上的蕨类啊

再年轻,也是我们苍老的长辈

我的手指紧紧握着它们

我们仍然是分开的

那栅栏上悬挂的绳子啊
已经失去了牵着的牛
我们也不再反顾身后的小路
但也关心究竟从何处出发

那牧羊的少年啊,为羊群打开圈门
经历人生的第一次审判
雪白的他来到了阳光下
漆黑的他也来到了阳光下

那低头行走的中年人啊
是否忘记了头顶的雪山和星空
你的行程已经走过一半
这人间,是否你也读懂了一半

那沉默不语的老人啊
仿佛夕阳中的古刹
他的庭院,仍然走动着故人
他的黄昏,才是他们最后的黄昏

那塔前的诵经人啊

放不下他放牧过的羊
也放不了他爱过的雪山和故人
都午夜了,他还灯火通明地坐着

                        2018年6月18日

九寨依然美丽

谷运龙

一

九寨沟的美是自然雕饰的精品、绝品,是上帝千百万年珍藏的极品,是大自然馈赠给人类永恒的圣品。因此,她恒久不凡,超凡脱俗,历久弥美。不会因为2017年8月8日那个小小的七级地震而毁容,而损颜。失去让世界上所有美女都自愧不如的丽质,减弱让天下所有狂野女子都自叹不及的张狂。以至于,那轰然而歌的豪情,那低吟曼妙的温婉,那雍容华贵的绰态。因为世间的一切都难以抵挡九寨沟攻无不克的具有杀伐一切的美。

8月9日午后,阳光有些强烈,我满怀钻心裂肺的忧虑和疼痛,钻进了我上百次游览过的九寨沟。脑子里充满碧水蓝天、绿树红花的色彩,释放出一波波、一池池、一脉脉美之精灵的画卷。我圣徒般地在心里虔诚地为九寨沟不绝地祈祷。然而,我心里依然难以抑制地生出些许深切的悲情,那种带了刺携了刀的"怕"总也驱之不去,黑色的幽灵啸叫着张开铺天盖地的巨翅无情地扼杀着我心里那么美好的回忆。进沟不远,我便被那些恶态狰狞的鬼石给惊诧了,哪里跑来的恶煞仿佛理所当然地要成为这里的主人,以其硬生生地万恶来主宰这一方容不得半点丑恶的世界。我继续前行,沿途的鬼石阵以其永不言退的誓死阻挡着我又陪伴着我,听不见声音、看不见硝烟的决战不绝地把誓死的场面拖入沟的纵深。就在这样的生死之战中,芦苇海有些折戟沉沙,玉带两旁的芦苇没有了娉婷的身姿和青碧柔美的场面,狼藉在一片肆水暴虐之中。海战以后的黄沙和残剑断弓续写了昨夜战场如歌的壮美。我的心真的隐隐地痛开去,毒蛇一样游走于我的肝、肺、肠和所有的脏器,这种痛让我哭不出来,甚至咽泣都不行。忧虑开始涨潮似的从心里泛起,在泛起的同时郁结起来,手挽着、肩并着,以其排山倒海的力量衔枚急走,冲津蹈壁。快到火花海时,记忆中便不绝地展现出她火花瑰丽闪烁,霞彩明灭的倩影。当火花海边沿金黄色的堤埂直刺我眼球时,我的心不经意地滴下殷红的血,当异型的海盆崎岖而蜿蜒地映入我的眼帘时,我的心霎时被撕开一条巨幅的口子,哗啦一声,血从口子涌流出去,泪水洒落进海盆。我似乎再也走不出这一凝聚和沉积了那么多华彩地金色海盆,仿佛在为一个卓绝的精灵默唱美妙绝伦的哀歌,以至于在为她送行的同时和她一道走入一座堆金叠玉嵌珠镶彩的放射出永恒光彩的墓寝。我不敢不愿不忍再往前去了,我怕树正群海那几个童玩不泯的海子不再、那几座老态可掬的磨坊不再、树正瀑布的万千风情不再……然而我又不得不去,如果真是那样,我将祈求上帝用世间所有美女的容颜去赎回九寨的红颜,让天下尽有的放纵去置换九寨的浪漫……

还好,在路上,我闭上眼,远远听见树正那天下最动听的交响,我的心开始舒缓。老虎海、犀牛海那腴美的身姿让我重归于前。然而好景不长,诺日朗,你这让风流横扫一切的男神,如今却成为男不男女不女的太监。那些声震寰宇的豪歌、那些佳丽三千的豪情,如今都哪里去了呢?难道你已厌倦了那种让人振聋发聩的宣泄,腻烦了那种回肠荡气的场面。在这种责问之中,我看见了镜海,她在微尘轻浮中少了娟然如拭的靧面,粉渍玷污了她的碧丽。绿得让人心悸的孔雀河道却让泥土压覆自己的容颜。五花海啊,花开不败的五花海啊,却是满面污浊,浑身蒙尘,花飞花谢,红消香断。就连那些肠子里都装满花的裸鲤,也不知又去了哪里寻欢。环顾四周吧,那些被绿裹得秀色可餐的山山岭岭被一双无恶不作的巨手撕裂,那么华贵的衣裙猝然委地,玉肌血痕,胴体被奸。

我几乎要跪倒在曾经的五花神前,恳请她不要这样去埋没那么多鲜活的绝美记忆,祈求她将那些倦怠和疲惫洗去以后,再开出那雨后清新、浴后清丽的异彩之花。

晚上,我难以入眠,辗转在余震的不撒手之中。余震之中,我听见山间巨石鬼怪般的呼啸着砸向已千疮百孔的九寨沟,我看见那双不可一世的黑手继续罪恶地撕扯九寨沟的皮肉,那些血腥的魔口又咬向了九寨沟的玉体,吮着血液、嚼着香骨。

翌日,我无心他事,咽不下去这口恶气,我怕美的消亡。

我真的是铁了心要重新去寻找、再去发现,或许,根本不需要那种欣喜若狂的蓦然回首,根本不需要那种愁肠百结的黯然神伤。只需将尘蒙的面容轻轻一洗,撕烂的裙子稍稍一换,一切又会惊艳如初,美丽超前。

我坚定地向九寨那一沟碎玉般的呼唤走去。

我逆着流水,选择对面的栈道向前。

芦苇海没有在昨夜的余震中垂垂老去。昨日的萎靡不振已在一夜之中复苏,那些伤苇萦蔓于弱水之中,鬣走带牵、诗韵款款,几许忧伤的歌缭绕于延颈秀项之间。我看见那条玉带又增添了几分深情的宝蓝在苇丛中凌波微步。巨浪拍击的那些水之骄子正被轻歌曼舞的玉带抚慰,芦苇的青春渐渐地返归于那个袅娜合唱。我坚信过不了几日,芦花琴琵,苇叶芊芊,苇韵涟涟的胜景又会让人流连忘返。它们依然会整装列队,成为九寨沟这尊旷世的高原美神的仪仗。

盆景滩还是震前的盆景滩,因火花海海水的决口,流水将带出的钙质尘土薄薄地沉淀其上,金沙流泻,碧水如金,浅浅的低唱如黄金在铮铮地流淌。

火花海的海盆放射出黄金一般的光华,那种此景只应海上有的别样景致在蜿蜒的湿滑线条中妙趣怪生,让人叹为观止。盆底的那汪碧水,水银似的似荡非荡,祖母绿似的默然温润,小巧到一口便可吞了下去,凉幽幽地在滚烫的心里生出永远的惬爽。其实,火花海的复活极其简单,不就一个五米宽的口子吗?缝合这个小口子只需一根针一根线。

双龙海、三级叠瀑、树正群海、老磨坊、树正瀑布、老虎海、犀牛海等大美之处依然那么鲜洁明媚,大美无言。只是在这有些寂然的时刻和伤痛的日子融入了些许的忧伤和喟叹。仿佛薛宝钗摇身为林黛玉,一个是阆苑仙葩,一个是美玉无瑕。

诺日朗为什么要一直野下去呢？为什么要终身的佳丽三千呢？今天,我凝视着曾经放浪形骸的诺日朗如今轻轻地吟浅浅地唱,多好啊,昔日的一头秀发从肩上纷披而下,让人满眼生景,现在却被梳成千万条细小到弱柳扶风一般的小辫,嫋嫋濯濯地从头上淅沥而下,不也给人情何以了的无限挂牵？

要野的疯狂有的是,珍珠滩瀑布从来就没有逊色过诺日朗,没有了诺日朗,珍珠滩会变成老虎滩、狮子滩,雄性傲世,野性惊天！

一夜之间,镜海如一位心灵手巧的贵妇,彻彻底底地收拾了自己的残妆,晶然如宝镜新开,鲜妍如光面新拭,将那些山峦、高峰、绿树花草映照得栩栩如生,毫发毕现。

我没有去五花海、孔雀河道,我知道那里的郁结更盛,那里的融合更黏。但我相信,五花海地下的那一百○八个泉眼,会日夜不停地用地心的所有精美快速地修复这九寨的皇冠。那些沉落于碧水间、花色中的尘埃也许会在地表和地下水的双重作用下成为水下珊瑚、水下奇葩,演绎和幻化出一种从未有过的旷世绝观。

据说熊猫海中堆积了不少的自由落体,让海盆发生了较大的变化,水依然点滴不减。装水的盆子发生一点变化不值得大惊小怪,只要水色如初,水质似前。说不定,异型的盆子更能让人产生奇特的想象,让人在赞叹中又去咀嚼残留的忧伤,在惊恐中平添几分敬畏,在敬畏中更加的呵护自然。

箭竹海和她孕育的那个更玲珑娇宠的瀑布静息在安详的怀抱中,在这份难得的静之中享受自己的华贵和梦幻。

长海啊,你这九寨沟仪态万方的圣洁母亲,不因喜盈,不因愁减,安守着一方万世的大美。那份胸中自有山水的淡定和自信,可以让所有破坏美、损伤美的凶神远走他乡。五彩池如一个安睡在慈母怀抱中的乖巧婴孩,那么安稳、那么童贞,不知有秦,何以晓汉。

至于说,那些山峰、山岭,那些森林、树木,有几道轻轻地划痕,倒下几棵树算得了什么呢?那是一种自然的梳理,当然的换装。

这就是现在我在实地亲眼看见、亲耳听见、亲身感触的九寨沟。这就是目前还存有些许惊魂未定、尘灰轻笼的九寨沟。这就是眼前还有几分淡淡忧伤,心有几分丝丝愁绪的九寨沟。这些不仅让我没有感到她红颜老去、丽质清减,反倒让我在一种忧郁释怀以后看见了美不胜收的奇景异观。我仰躺在地上背负大地、目视苍天。这才悟出,天地之中哪里有纯粹的灾难,每一次付出都会收获金玉满堂。九寨沟本就是地震以后自然的厚偿。

前天晚上,一个朋友在短信中对我说,一天有四五万人,九寨是不是不堪重负,你们是不是在过度掠夺,因此,上帝在惩罚的同时警告你们。我没有回他的短信。还是那天晚上,好些朋友伤感而缅怀地问我,诺日朗是不是垮了,以后我们再也看不到诺日朗了。好多朋友在微信上晒以前诺日朗风光无限的照片。我看了以后，心里十分难受。他们仿佛是在用那些美好的珍贵记忆为他祭奠，和他永别。于是，在三天之中我第三次去诺日朗。让我有些伤怀地是，两天前我看到的那些小辫子似的小流没有了，诺日朗几棵松树的对面，流水从那条豁口似的裂隙中白花花地涌出，仅靠裂隙的地方有二十米左右轻微的垮落。水从那些裂隙中下渗，在几十米以外又汇入河流，流水从小桥下流过，依然哗然响然，清歌漫卷。于是，我要负责任地告诉所有的人诺日朗没有伤及筋骨，百分之九十五还完好如前，只要采取科学措施，诺日朗依然会佳丽如云，风流倜傥。

只是，那一位朋友的短信让我沉思。我不知道上帝是谁，我只知晓人类永远都走不出自然，自然始终是我们的衣食父母。为此，我们每一个人都必须效忠于自然、钟爱于自然，以我们的钟爱和钟情取悦天地对人类的自然而然。

但这所有的一切，都丝毫不影响九寨沟的依然美丽：因为九寨沟的美是自然雕饰的精品、绝品，是上帝千百万年的珍藏，是大自然馈赠给人类的永恒的眷恋。这所有的一切，都在反复的、不绝于耳地告诉人类：世界上只有一个地球，人类只有一个九寨沟！让我们好好地去爱、好好地去珍藏！

二

她叫业果,是一名边边街的清洁工。

8月10日早晨,我经过边边街,是早上的六点半。整条边边街阒寂无人,透过玻璃窗往那些袖珍小店里窥视,地震留下的狼藉随处可见,栩栩如生地再现了当时万状的惊恐。街面上,四散着残砖碎瓦,屋檐上也悬吊着还未落地的碎瓦片。有些店牌被地震给撕裂了,破败地被风吹出凄厉的叫声,有的被整体摔在地上,还有些铺面的铁门被震坏以后再也关不上了。我想象着那些饮者和食客当时的样子,心里余悸泛起,再一次感受生命的脆弱和对大自然的敬畏。

渐渐的,在余悸渐息,河水轻吟处,我听见了一种声音,唰,唰唰,和着河水的声音氤氲而起,给震伤中的九寨之晨生发出那么曼妙又那么强烈的旋律,让人的心里感到温馨、温暖。如弱柳披风,又似荷叶临水。我寻声而去,一个穿着橘黄色衣服的清洁工,正在街面上沐着初秋的晨风、冒着不时袭来的余震,手握曳尾如凤的扫帚执着而专注地在那里工作。我停下来,看稀奇似的凝眸于那团赏心悦目的色彩,听着她妙手下天籁般的晨曲,我还有些伤痛的心被一双温情的手抚慰。那尾美丽的凤羽轻抚在九寨这块受损的土地上,仿佛在给土地以抚摸、以慰问、以疗伤。那团蓝天白云下,绿水青山中的橘黄仿佛震后在中国大地燃烧的情爱,既是一种万众一心、众志成城的磅礴力量,又是一种永不言弃、永不言败的坚韧志向。我从她的旁边走过,向她行注目礼,然而我没有去打扰她,我知道现在的九寨沟多么需要除余震以外的这种柔美之音,人们多么需要在余震不断袭扰的夜梦以后听见这样的抚慰之曲啊!

连续三天早晨,边边街依然死寂无声,只有那一尾如凤羽似的扫帚从未终止晨曲的轻吟。每天早晨走到那个地方,我的心都会得到朝圣般的安适,都会生发出一种激荡的力量。

昨天早晨,我实在忍不住,便驻足在她的身边,她根本无视我的存在,依然忘我地一扫帚一扫帚地扫着那些落叶、那些纸片、那些灰土。

我轻轻地问道:"您是这儿的清洁工吗?"

她充耳不闻,依然专注着她的工作。我加重语气重复了一遍,她斜睨我一眼,没有停下手上的活儿。我再加大分贝问她,她才将伸出去的扫帚往身边一收,对我点点头,然后又专心致志地扫地。我靠近她,问她一些个人情况。

她说,她叫业果,今年63岁,是边边街物业公司的一名清洁工。旅游旺季时,一月工资2000多,淡季时只有1000元。她说地震了,她的工作不知道还有没有。这时她的眼泪下来了,有些凄凉,也有些浑浊。

今天早晨,我经过那里时,一辆摩托车已候在那里,她已不再穿工作服,急急地向我走来说:公司从今天开始停业了,要一年多时间。我问她去哪里?她说不知道。眼泪从她的眼眶里流出来,那么无奈又那么茫然。摩托车轰鸣着,她向那里走去,留给我一个单薄的背影,余震再一次袭来。

我感谢业果大姐这几日为我奏出那么美妙动听的九寨晨曲,也感谢她给震伤的大地以温馨抚慰,更感谢她让我生出的不屈和坚韧。

三

其实,我想对你说的是:九寨天堂本身就是一个耐人寻味的景点!

你敢说不是吗?

她坐落在干海子的森林中,远而眺之,她如翠海中的一叶扁舟,悄然地荡漾在那些一碧万顷的波涛之中,洁白的风帆有些夸张地展示出异样的风采。近而观之,又似一朵硕大无朋的白牡丹,雍容华贵、卓尔不凡、仰天而卷的绝美花瓣可以让天地行走其间,舒卷之中,天籁般的声响涟漪似的漾动开去,将花香氤氲成那么汹涌的浪潮,在山野间游走。

你可以在任意的阳台或阴台上听细叶密语,看柔枝披风,也可以在房檐下听夜雨情话,赏明月清辉。以至于观万里风云席卷山野,听千顷波海迫击天地。心中郁积随风化淤,眼里迷蒙顷刻清明,宠辱皆忘,幻然成仙。

你可以在天浴温泉的柔情蜜意中洗去一身的疲乏,在清凉的爽快中看明洁的天空星汉灿烂,闻月桂飘香,以至于饮一碗吴刚花酒,赏一幕嫦娥广袖。你也可以在羌寨之中听羌笛的幽怨凄美,看驮队的浩荡归来。以至于听成都况味十足的吆喝,品天府美食珍馐的奇特。你更可以钻入花心,去感受花中的蜜液流成千古不枯的河,去聆听水中鱼鸟弹奏万般美妙的歌。以至于那些自然向天的生长,那些轰然落地的辉煌。

甘海子如一个柔情温婉的伴娘,那么天然巧成地不离左右,承接着大自然的玉液琼浆,微微地浅笑着,给天堂嵌上艳美的花边。

她就是这样的一个宾馆,完全笼罩在日月的光辉之中,沉浸在自然的花香之中,难道你不觉得她是一个风光旖旎的景点吗?

她就是这样的一个景点,完全被舒适的梦境围就,被芬芳的美酒微醉,难道你不认为她是一个舒适温馨的宾馆吗?

说她是森林里的城市一点不假,你可以在那些街衢、古巷里徜徉,说她是云朵上的街市也丝毫不夸,你可以在那些商铺店面购物。你只听说过天堂,向往着天堂,在这里,你才知晓了天堂,并不是一个凄美的所在,更不是一个可想而不可往的所在,而是一个既可想去就去,也是一个想走就走的人间天堂。让你真正悟出终极的美并不是一种死亡,而是一种随心所欲的自由和自在。

然而,天堂的美也会经过地火的煎熬。8月8日的地震让九寨天堂一样不能幸免,地狱的所有魔爪汇集在一起,绝意要将九寨天堂扼杀,让其成为人间地狱。

那是一种美与丑的拼杀、善与恶的较量。

我想,你一定会为其焦心、忧心。我和你一样。

当我第一次目睹她受伤的样子时，心里流淌出无以言表的苦，我因她的遍体鳞伤而苦，我看见那些狼藉的衣袂，那些炸响以后的弹片、那久久弥漫的硝烟，真的不相信，天堂怎么会瞬间变成地狱，宾馆怎么会须臾成为战场，景点怎么会风光损伤。我真的想不顾一切地冲进去，将那些撕破的衣袂缝好，将那些还在流血的伤痕包扎，但一条来自人间的警戒线将我隔离，我在武警的盯视中难以逾越。只好伫立在那里为其伤怀。我相信你也只能这样。值守的保安说：那两只黑天鹅真聪明，一直躲在白牡丹的花心，如两粒花蕊，始终不离花的左右。这一个灵动的生命让我生情，我想冲过去营救天堂中的生灵，他们全力将我拦住。这是真话，在那种场景，如果是你或者无论是谁都会这样做。正在这时，被揉碎的花瓣又在余震中纷纷落下，发出花开一样的声音，妙不可言。

你信不信，就是那两只天鹅让我几天之内心情难平，我总是一有闲暇就会想到它们。没过两天，我实在不放心，水没有了，它们怎么生存呢？曾给人们以遐思的圣物何以经得住那般的惊恐？食物没有了，怎么生活呢？那么娇宠的生命何以经得起这般的揉搓呢？我总怕它们忠贞而洁白的象征被终止在地火过后的余孽中。我第二次去九寨天堂，那种场面依然如两天前，没有人去打扫战场，没有人去收拾那一派不堪入目的狼藉。警戒线还是那么高，值守的武警还是那几句话。我说我必须过去看看，我怕那两只天鹅饿死。他指给我一条相对安全的路。我钻进树林，没有几步，两只梅花鹿已退去惊慌，不惊不诧地向我们一行注目，待我们走近,才又不慌不忙地走了几步,两只洁白的小羊咩咩地有些惊诧,却依然向我们报来依恋的目光。入得室内,临近大厅时,几只星秀鸡从一堆破败的玻板中向我们呼叫着跑来,声音伤怀,不绝于耳,我们想将它捉去野外,就是攥不上,在瓷砖上趔趔趄趄的样子让我们叹为观止。我终于还是忍不住在险象环生中向大厅的水池走去,几只野鸭嘎嘎地在水汆中鸣叫,那两只黑天鹅在桥下,如两尊安详的神物静默而傲然在那里,我被这份尊贵的独处所征服。我也被这份顽强的安详改变初衷。穿过恐怖的场景出来,我叹服地回望黑天鹅,虽然看不见它的身躯,却能强烈地感受它的存在,如母雕。

我还是担心它们的生存,跟保安说,应该给它们投食,并要求他们把它们送到甘海子里去,让它们回归自然。那些人并没回我的话,我有些不可理喻。

回来的路上,我才恍然大悟。我想告诉你的是,无论她毁损也好,完美也好,她都是九寨天堂!天堂不仅仅是人的向往,也是所有生命的向往。就连那些生活在天堂中的孔雀、梅花鹿、天鹅、鲤鱼等等,只要进入天堂,是再也不愿离开的,哪怕地火熊熊,哪怕余震不绝,就像朝圣的路就如同皈依的心。我还想对你说的是,无论她笑也好、哭也好,她都是九寨的一个享誉全球的景点,只要看上一眼就会目不转睛,魂牵梦绕,哪怕荆棘丛生,哪怕千难万险。

其实,我已有几年没有去过九寨天堂了,但她就是那么铭心刻骨地留在我的心里。如果你不信,去试试,相信你一脚踏进去,就会再也没有从前。永生永世住在白牡丹为你建造的天堂的宫殿里,做着清幽而奇异的花香的梦,难道不是你我的一大幸事吗?

2017年8月11日至16日